不远的遇见

潘依诺 著

时代文艺出版社

图书在版编目（CIP）数据

不远的遇见 / 潘依诺 著. —长春：时代文艺出版社，2018.4（2021.5重印）
ISBN 978-7-5387-5648-7
I. ①不… II. ①潘… III. ①散文集－中国－当代 IV. ①I267

中国版本图书馆CIP数据核字（2017）第324796号

出 品 人　陈　琛
责任编辑　孟　婧
助理编辑　刘　力
装帧设计　孙　利
排版制作　隋淑凤

本书著作权、版式和装帧设计受国际版权公约和中华人民共和国著作权法保护
本书所有文字、图片和示意图等专有使用权为时代文艺出版社所有
未事先获得时代文艺出版社许可
本书的任何部分不得以图表、电子、影印、缩拍、录音和其他任何手段
进行复制和转载，违者必究

不远的遇见

潘依诺 著

出版发行 / 时代文艺出版社
地址 / 长春市福祉大路5788号　龙腾国际大厦A座15层　邮编 / 130118
总编办　0431-81629751　发行部　0431-81629755
官方微博　weibo.com / tlapress　天猫旗舰店 / sdwycbsgf.tmall.com
印刷 / 保定市铭泰达印刷有限公司
开本 / 720mm×990mm　1 / 16　字数 / 182千字　印张 / 17.25
版次 / 2018年4月第1版　印次 / 2021年5月第3次印刷　定价 / 69.00元

图书如有印装错误　请寄回印厂调换

自 序

　　擦过维纳斯发梢的那缕阳光，爱琴海无垠星光下的蓝色屋顶，波尔图紫色夕阳下的玫瑰红酒杯，划破薄雾的贡多拉的小船，托斯卡纳艳阳下那一朵冰淇淋花儿，卷起透明浪花的大西洋海水，开往牛津街的红色双层巴士，照亮泰晤士河的新年烟火⋯⋯这曾是我对世界最美好的幻想与期待。转头一望，它们竟都梦一样地切入我的身边，成为了不可能的现实。

　　回望那个曾经在梦想角落里的小小的我，所有的回忆都遥远又不可思议。它们常常席卷而来，让陷入倦怠和慵懒的我重拾精神，在不断惊喜和发现的路上，回味曾经，又期许未来。

　　三岁时，跟着爸妈出门，去那个叫作"北京"

的城市。那是我的第一次旅行。住在城郊,这座城市看起来比想象中更老旧些。我坐在车上巴望着窗外,弱弱地问爸爸:"我们什么时候才能到北京呀?""这里就是啦。"爸爸说道。车子一路进了城,满街跑着的黄色面包车倒让人眼前一亮。直到我见到了在童谣中唱到的天安门,看到了伴着国歌与第一缕阳光一同升起的国旗,我确信我所到的地方是北京。

那时的我还完全不懂什么叫作旅行,不知自己正悄然介入一座城市的历史。只是突然发觉,原来图画书上画着的那座房子真的存在。眼前的世界蓦地形象、真实了起来。

那年,城市很大,我很小。

直到后来,从初中一年级英美文化课上播放的纪录片中,我认识了伦敦的大本钟、白金汉宫、杜莎夫人蜡像馆。我就那么轻易地被远远的那十几寸的电视屏幕深深吸引,从那个狭窄的小窗口,看到了远在大洋彼岸一个全然未知的世界。至今我还清楚地记得那间有些复古的九十年代的阶梯教室,高高的顶棚,嘎吱作响的红色木地板,挤满了一个个稚气懵懂的学生。其中,就坐着一个瞪大了眼睛、好奇又认真的我。那个时候,整个世界于我,似乎就像宇宙一样充满未知,无边无际。你不知道什么时候它才会完全展现在你的面前,一览无余。

那大概就是这个世界为我开的第一扇窗。从那之后每当别人问到我未来的梦想,我总会斩钉截铁地说:"去英国,以后一定要去英国上学。"我要去亲眼看看伊丽莎白女王居住的白金汉宫,去认识那些满口英式伦敦腔的绅士,去剑桥的康河上撑一支篙,去莎士比亚的故乡读一读书,去伦敦眼上欣赏这座城市的完美夜景,尽管那时英国依然远得遥不可及。

大学毕业,面临选择的时候到了,我忐忑又欣然地在喜欢的专业里框定了英国。爸妈坚定着我的选择,他们教我遵从自己的内心,给了我无条件的支持。我就这样不可思议而又纯属必然地来到了小城莱斯特。梦想中的丝丝缕缕就这样照进了现实。当年阶梯教室里那个梦一样的开始,十年之后,仍支撑我前行。终于,我以留学生的身份来到这个国家,开启了属于自己的旅行。第一次,自己一个人,去用脚步踏遍英国的大小城市,自由找寻。

探索世界的感觉很奇妙。小时候到过三亚,认定那里就是"天涯海角";而来到葡萄牙罗卡角,它说"陆止于此,海始于斯",你这才恍然悟出,地球这一个圆,每个角落都是终点,也是新的起点。世界就在你的认知里无限地越扩越广,也越拉越近。你想见的、曾经遥远的世界,在你的脚下都会变得触手可及。

海角天涯,在你背起行囊的那一刻,都将会成为不远的遇见。

我常在想，是不是我们的每一次旅行，都需要一个意义？有人说，旅行是为了寻找不一样的自己，是为了看遍更广阔的世界，是为了释怀一段感情，是为了抽离烦琐的生活。抛开这些，旅行或许只是让生命中的这一天，格外值得被铭记。拿出来，写成诗，唱成歌。

我们对于世界的认知，往往在自己的一路探索中不断形成。它或来自固有的知识体系，或听从于他人。而每一个简单的描述，都因为它与众不同的视角和体验，多了些发现的惊喜。我在旅途中被缩小成一粒尘埃，睁大眼睛看着整个世界，浓重的色彩、深沉的底蕴，这一切似乎都与我无关，又强烈地把我笼罩。我在旅途中将自己无限放大，努力张开所有感官，收集这不期而遇的、周遭的一切细节，品读生命的滋味。

一次又一次计划之中或意料之外的旅程，让你了解着世界，悦纳了自己，又不断丰富着身心的感应。

于是我小心翼翼地提起笔，将这一段段故事誊到纸上，将即将被遗忘的故事翻涌起来，将走遍的远方打上独特的标签。

就不要把旅行想得太耗时耗力吧，就不要害怕一路的颠簸辛苦吧。打扮好心情和行装，让透明的自己与未知的世界来一场不确定的约会，感受无常和惊喜。

　　世界虽远，风景各殊，文化相异。但愿我们能够懂得世界更多，心与心的距离更近。但愿每一次的遇见，都真诚率性，不远。

目录

第一辑　讲不完的欧罗巴故事　001

你是我的一滴泪　003
千年前的雅典，好像在笑今天的我们　010
干了这杯满满的波尔图日落　018
大航海精神　027
大西洋都装不下的思念　037
天使坠落的城市　043
迷失在童话里　051
我的罗马假日　058
意大利美食之旅　068
晴雨不定巴塞尔　074
明天或是未知，我只选择前行　082
一座城，让你看到梵高眼中的星夜　090

第二辑　英伦情怀　101

莱斯特的春日　103
莱斯特的秋日　108
一把大火，迎接冬天　113
达西先生，你好　117
穿越时光到巴斯　122
我想要一杯圣诞蛋酒拿铁　127
下回，我只想再回莱斯特看场球　132

你还记得莱村菜市场的叫卖声么？　137
醒醒，这里不是普罗旺斯　142
一不小心拥有的上帝视角　147
像爱丽丝一样，掉进"珠宝角"　153
再多一天，你便将成为湖畔派诗人　158
窗外的伦敦　164
这个圣诞，让真爱降临　167
最正宗的英式下午茶在哪里？　175
再见，霍格沃兹　182
连绵不绝的一座"诺丁山"　190

第三辑　北美大陆的匆匆一瞥　197

最长的旅程　199
当北美冷风遇上欧式浪漫　205
记一次最大胆的被搭讪　216

第四辑　重新认识霓虹国　223

褪掉霓虹光晕的日本国　225
日本料理中的惊喜　236
晚樱中，遇见纯粹的东京　246
京都一隅，已够回味　255

第一辑

讲不完的欧罗巴故事

当你距离梦想很近的时候,不知会不会有些不敢触及它?我是这样的。当飞机就要降落在圣托里尼岛的时候,我盯着窗外每一帧画面的变化,不敢眨眼睛。

你是我的一滴泪

当你距离梦想很近的时候,不知会不会有些不敢触及它?我是这样的。当飞机就要降落在圣托里尼岛的时候,我盯着窗外每一帧画面的变化,不敢眨眼睛。

大片蓝绿色的海水开始在脚下漫延开,就是这颗地中海的蓝色宝石,召唤着那些心底怀着浪漫情怀的人们。迎面而来的第一股海风,似乎夹杂着一丝沙漠的气息,当我背朝大海,竟然真实看到了一丛丛仙人掌,我认真回顾了一下高中地理知识,地中海气候——夏季炎热干燥,冬季温和多雨。

酒店的老爷爷亲自开车来接我们,居然是一辆最古老的大众小客车,一下把时间拉回到了几十年前,回到了从前简单悠哉的生活。希腊老爷爷不会讲英语,却十分热情地一路带着我们走走停停,每停一次车,就对着我们说"Photo! Photo!"不顾几乎一夜没睡的旅途劳顿,我们提起精神走向海边,纯白色楼梯的尽头是一个开阔的面向海面的露台,那是我第一次认真看着爱琴海,蓝得让人心

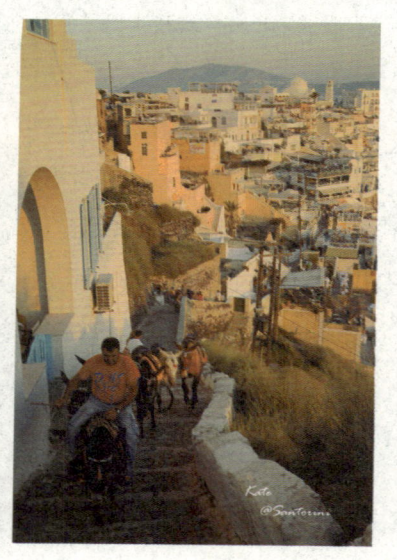

这样的眼前，就是曾经对希腊的所有期待了。
日落，白屋顶，无边无际的海岸线。

醉。有一艘白帆划过丝绸般的水面，仿佛没有任何事情能打破这里的宁静。

在圣托里尼，只有几处小镇见得到著名的蓝顶白屋，错综复杂的楼梯墙面都是纯白色，与碧蓝的海水呼应，让人置身于另一个时空，似乎想要清空掉此前所有纷繁的记忆。在圣托里尼，爱人们在夕阳下拥吻，好友在海里和岸边嬉戏，时而有人拿起本子写写画画，在日出日落间，他们只享受生活所给予的美好，其他都忘掉吧。

我们选择了一家餐馆的天台，享受起了龙虾意面。脚下面朝大海的山坡上突然出现了热闹的躁动。四个赤裸上身的英国帅哥，操着一口标准的伦敦音，翻过了围墙面对着海面排成一排。我放下手里的龙虾和美酒，忍不住拿起了相机对准他们，接下来的动作更是让我们每个人都目瞪口呆，他们脱掉身上所有的衣物，拥抱大海的方向。是的，这就是圣托里尼，浪漫还带了一丝疯狂。

岸边错落的悬崖山坡上高高低低布满了小店，这一路的交通工具只有驴子，它们倒是在沿途非常不吝啬地留下了许多排泄物。当太阳渐渐落入爱琴海中，海面上的船只也亮起了点点灯光，从前不知道，世界上最美的日落还夹杂着一些如此强烈的味道。

我们在面向海湾悬崖边的露天餐厅坐了下来，准备享受最美的日落，和一份让人微醺的晚餐。打着黑色领结的热情服务生指引我们坐下，这才发现在安静的水面这一头，人们都进入了夜晚的狂欢。

曾经的遥不可及，如今就在脚下。

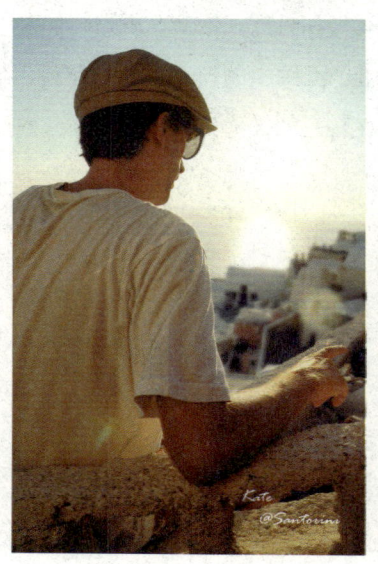

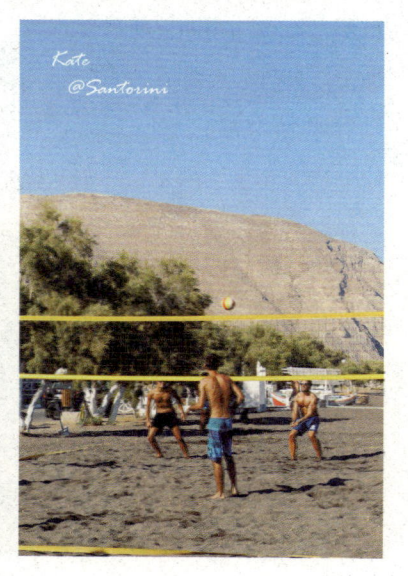

青春、阳光、慢时光，这是对爱琴海的别样诠释。

第一辑　讲不完的欧罗巴故事

"不喝一杯酒吗?"服务生冲着我们笑,但面对这样的景色,谁又会对他说不呢?就着一整盘新鲜的炸海鲜大餐、蜜桃鸡尾酒和眼前这一幕世上最美的日落,早已酒不醉人人自醉。夜晚降临,整个小镇都被灯火点亮,在漆黑海面的映衬下,就像一颗夜明珠。亦动亦静,都那么纯粹,那么彻底,甚至希望时光能为这样的美好就此停住。

小岛上有一片奇特的火山石沙滩,脚下漆黑的沙滩,造就了这里最亮最美的星空。借着酒精带来的兴奋心情,我们来到了这一片完全无法看清脚下道路的黑沙滩,不知是哪里来的勇气,我们为了这漫天的繁星,错过了夜里最后一班车。可一抬头,就看得到银河,一伸手,还摸得到温度没有散去的黑沙。闭上眼睛,只有海浪拍打过来,流过沙滩窸窸窣窣的声音。我把相机放在地上,就这样静静坐了一分钟。有那么一瞬间感觉身处如此陌生的国度有一丝孤独,又有那么一瞬间,会觉得全世界都在自己的怀抱,释然又安心。之后再举起相机,已然被一张不经意的照片惊喜得快要流泪,它替我捕捉到了银河。

"你是我的一滴泪,像爱琴海的那种眼泪。"

曾经这是我最爱的一句歌词。现在我更懂得,那是一颗清澈透蓝的眼泪,没有杂质,没有纷扰。就像你静静望着爱琴海时,那份莫名又强烈的感动。你爱它,想与全世界分享,也想只留在心里让它不被打扰。

把心揉进一片蔚蓝、万里银河。

第一辑 讲不完的欧罗巴故事

千年前的雅典，好像在笑今天的我们

那是很多年前了，一部画质并不是很清晰、配音效果也不符合人物性格、连剧情都无比不合逻辑的青春偶像剧，却让幼小的我对希腊这个遥远的国家埋下了深深的憧憬。碧蓝的天空和海水，白净的墙面与云朵，这里没有过多的颜色，这两种交错的颜色把这个国度的美丽与清澈都融进那面蓝白国旗中。

《情定爱琴海》竟然让这"约定"真的深深埋在了心里，让希腊这个国度自很小的时候就成为这辈子一定要去的地方之一。懵懂的时候还不能理解为什么每每提到这个字眼，总会觉得它深沉又难懂，遥远又不可轻易触及。书上说，古希腊是西方文明的摇篮，所有那些对世界有着重要作用的学科，无论是西方哲学、文学、历史学、政治科学、民主制度、数学原理及西方戏剧，都发源自古希腊。

一本在 1930 年出版的《希腊精神》一直放在床头很多年，总是希望它能够带我了解更多让我心驰向往的国度，但是却很少有胆量真的翻开好好读完它。我甚至很久之后才发现这样一本将希腊精神剖析得如此精妙的著作，竟然来自近一个世纪之前。

这本书的作者伊迪斯·汉密尔顿的著作不仅有《希腊精神》，更有《希腊戏剧三种》《希腊鼎盛时期的文学》《希腊的回想》。它们有限却又无限地宣扬着西方精神的源头与发展，尽管人们不断抨击说她的作品充满个人主观色彩，用尽华丽的辞藻，不吝啬地张扬着她对希腊的爱，可她留下的作品却也让后人能够珍视希腊的奇迹，一直影响着人们对希腊的看法。我也一直把它当作我连通希腊更近的一道门。

在爱琴海上游荡了几天之后，我们留给首都雅典的时间就只有一天了，这里成了我们旅行的中转站。一路的劳顿和奔波，加上八月的南欧四十度的气温，我们选择在烈日渐渐西下的时候再出门去走马观花一番。如今希腊的经济衰落已在全世界闻名，不敢想象曾经创造了西方文明的国度，却要面临国家的破产。即便住在市中心，作为首都的雅典依然没有高楼大厦和车水马龙，一切生活的节奏都很缓慢和惬意。短暂的一天让我无法感受到老百姓在这样的经济下的疾苦，却只看到了他们享受生活的那份淡然。

或许黄昏正是来到帕特农神庙的最佳时间，这时候，天空格外地蓝，夕阳也格外地柔情。阳光照在巨大的石块，唤醒了建筑深处浓重的历史感，它不需要太多语言，只是在雅典卫城的最高点这样宁静地屹立，傲视群雄。神庙的外貌已然受到了严重的破坏，和圆明园的遗址一样，如今只留下了石柱林立的外壳。但它的设计依然

请继续俯瞰卫城,接受我们的仰望。

代表着古希腊建筑艺术的最高水平，处处体现着奇妙的"黄金分割"。现代艺术家们在用精密仪器来修复神庙精美的浮雕时，甚至发现无法比较几百年前古代工匠的巧手。

在希腊神话中，海神波塞冬和智慧女神雅典娜曾为争夺雅典城而竞争。宙斯裁定说谁能够给予雅典人有用的东西，便将城归于谁。波塞冬用他的三叉戟敲击岩石，一匹战马奔腾而出，象征着战争；而雅典娜用其长矛敲击岩石，岩石上长出一棵油橄榄树，象征了和平。于是雅典人选择了雅典娜，用这座神庙来供奉城邦的守护神雅典娜。沿路爬上山，橄榄树第一次真实地出现在我的面前，就仿佛雅典娜真的在身边，一直守护着这座城市。

而始建于公元前450年左右的帕特农神庙甚至还处处体现民主制的萌芽，神庙内的巨型壁画象征着修建神庙的决定来源于城邦所有公民的直接投票，而工程的预算开支都刻在石头上，可由城邦公民来监督。我们仅有的时间给了帕特农神庙，而雅典的精髓也都在这里了。

夜幕降临，我们从山上走下来融入千百的游客之间，又分散在山脚下交错的小路中，在路边露天餐馆坐下，耳边传来三位老人弹奏着当地特色的乐器的歌声，棚上的星星灯在渐变的蓝天与夕阳中点点亮起。这时，仰望不远处山顶上的帕台农神殿在落日余晖下庄严的身影，再低头呷一口希腊茴香酒，让这浓郁的醇香带你回味历史的味道。过去成为了历史，却也成就了今天希腊人引以为豪的精神。

好像不知要往哪里走，不如停下看看吧。

不远的遇见

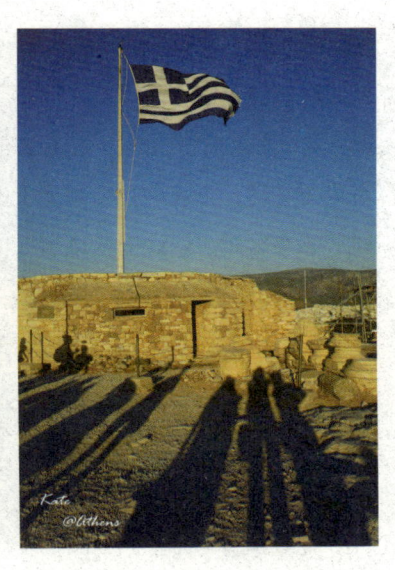

越拉越长的身影，想要触碰更远的希腊的蓝与白。

第一辑　讲不完的欧罗巴故事

书里说，早期基督教运动的领导人圣·保罗曾经这样讲过："可见的都是短暂的，而不可见的都是永恒的。"想起看过儿时那部电视剧后，柏拉图的永恒一直存在心里，好似代表了那段美妙却又不完美的爱情，代表一切爱琴海上的美景和浪漫。后来我竟然真的买到了那条名叫"柏拉图的永恒"的手链，尽管不是全球限量版的那50条，但依然无比珍惜。不料它却在某一天突然从手上滑落，散了一地，再也拼不回原来的模样。可我们心底所坚持的和永记的，早已不需要真实的物品来证明它的意义，不是吗？

在希腊诞生以前的远古世界中，不可见的事物越来越成为唯一的最为重要的东西。希腊的标志——理性，是在那样一个以精神为主旨的世界中诞生的一股崭新的力量。他们创造了在几千年前就领先于现今世界的社会制度，看透了太多我们早该懂得的道理和生活重心，当我读起他们千百年前的事迹，竟然觉得现在的自己有些愚笨。

1957年，伊迪斯·汉密尔顿在年近九十岁的时候被封为"雅典荣誉市民"，她在希腊阿蒂库斯剧场接受了希腊国王保罗的授勋。走在雅典诸位学者和内阁大臣的掌声中，她一路点头走到话筒前，激动地哭泣，却用最为坚定的声音说道："我是雅典市民，我是雅典市民！这是我一生中最为自豪的一刻。"

感谢希腊人来到这个世界上，才让我们所了解的这个世界开始了。

Kate
@Athens

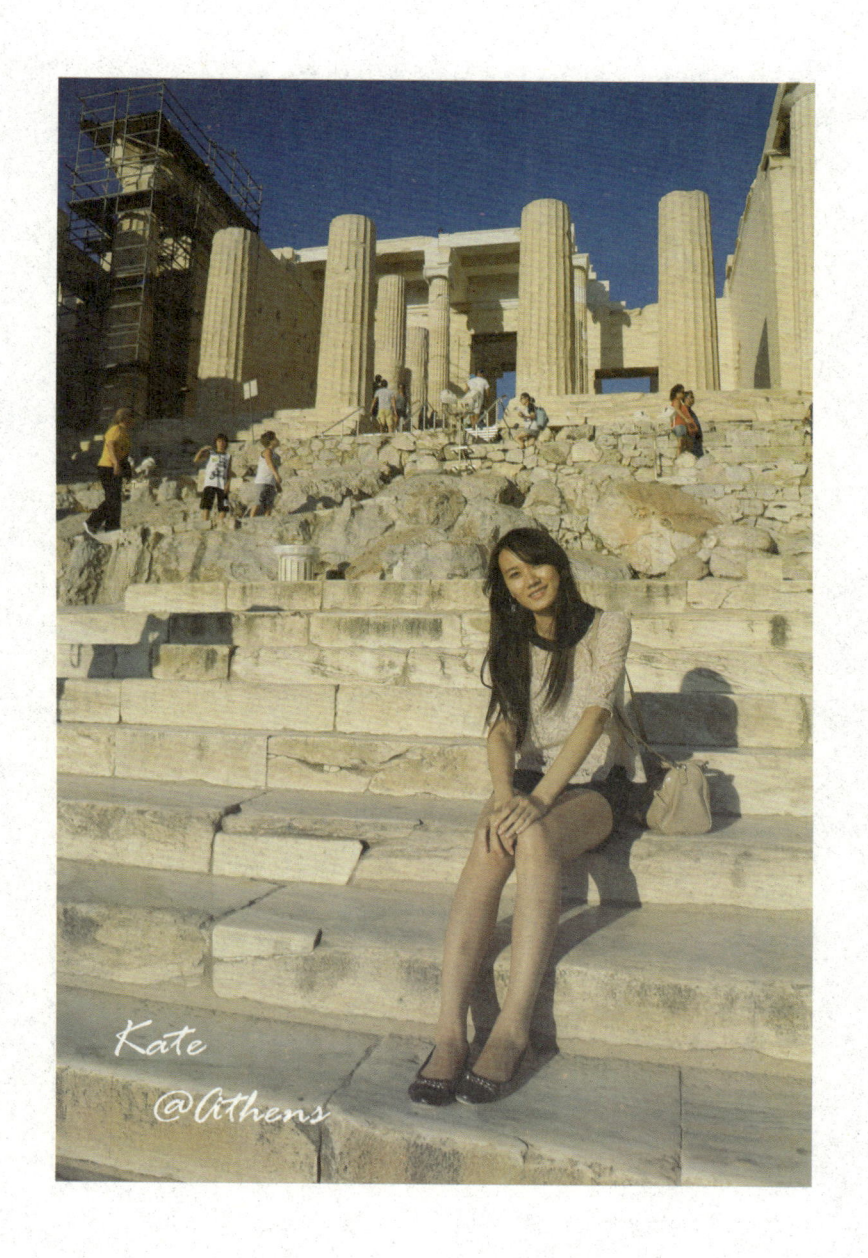

地中海的阳光把我变成大理石一样的颜色，想与它融为一体。

干了这杯满满的波尔图日落

相信很多人在出游之前,都会准备好一张密密麻麻详细的旅行清单。每天行走怎样的路线,坐哪一趟车,吃哪家固定的餐馆。但我的旅行记录似乎是由一大堆的不靠谱因素组成的。

几年前的一个机会,让还是懵懂学生的我在葡萄牙的小城市雷利亚生活了半个月的时间。拿出短暂的周末,随手抄起一本《葡萄牙旅行攻略》,就直接踏上了去波尔图的火车。不敢想象那时还是个没有GPS、没有WIFI、没有随身葡语词典、相机还没有如今手机像素高的年代,给家里打电话报平安的时候,还是满街寻找公用电话,拨着手里的几枚样式不同的欧元硬币,拨通国际区号焦急地等待接听。

走在波尔图完全陌生的街道,无法不被大片的蓝白瓷砖所吸引。这里也是一座瓷都,却不像中国的瓷器那样沉稳精巧,葡萄牙人把这大航海时代的珍贵礼物用到了极致。装饰的瓷砖繁密而精致,大片大片地覆盖着整座建筑。墙上的每一个丰富的手绘图案都描述了

第一辑　讲不完的欧罗巴故事

时间分明在滴答地跑,我却感觉它在倒回。
就让我在一瞬间吸收多一点金色的光芒,就像从未曾睁开过眼睛那般。

不远的遇见

一个深远的故事，讲述着这片土地的古往今来。

就连市中心的火车站也被蓝色瓷砖所铺满，如果不说明，还以为这里是一座博物馆。圆拱形的大窗瞬间映入眼帘，上面的圆拱让我想起伦敦的国王十字车站，可满墙的蓝白瓷砖又把我拉回了葡萄牙。原来这里曾是一所修道院，直到1916年才为交通所用。天花板、墙壁和地面上错综的瓷砖及马赛克，都让这本来空荡的候车大厅变得充满故事。为了节省时间，我们买好了通宵开往辛特拉的火车票，便开始了波尔图一日游。

惘然出行的不可控因素也是难免的，波尔图的Se大教堂偏偏在这一天关起了大门。可依然有稀疏游客围着这座哥特式及巴洛克式混合的建筑，惊叹着它的精美和雄伟。在圣水池那里接了满满一瓶泉水之后，我们沿着台阶下行，渐渐靠近杜罗河。波尔图的街道也是坡路交错，一幢幢屋顶错落的房子沿着山坡铺展开来，充满一股朴实的气息。狭长的一条条小路两边是颜色各异的小楼，好似组成了一道道迷宫，每个转弯都有不同的风景在等着我们去探索。

在街上漫无目的地游荡了许久，来到了从未曾了解过的圣弗朗西斯科（São Francisco）教堂。进教堂的门票要四欧元，我不顾一行人的疲惫和反对，坚持要进去看看。屋子外面刺眼的阳光被白色大理石反光得更加强烈，教堂的门一推开，里面的昏暗让眼睛突然失去了视觉，渐渐地，一丝一丝金色的光芒慢慢射进眼眶。一进门来，满目的金碧辉煌已让人失去了呼吸的意识，只得不停放大自己的瞳孔，来吸收更多的色彩。走近才发现，这光芒竟然都是来自木头。欧洲13世纪的巴洛克建筑，复杂错综的木质花纹从头到脚贯穿整个教堂。阳光穿过哥特玫瑰窗不偏不倚洒在石棺上，让冰冷的灵魂得以温暖长眠。耶稣在我们头上，众神在我们头上。回过神来，海鸥像在催促我们，带我们离开时间静止的这一刻。

波尔图这座城市，还是一座大大的葡萄酒酒窖。转角走到河边的时候，我看到了好多神秘的标志。一个身着黑披风、头戴佐罗一样的帽子、举着酒杯的人物图像出没在大街小巷，他的名字是山地文（Sandeman），手中的葡萄酒杯隐隐约约，有侦探一般神秘的气息，又不乏贵族般的高贵气质。河边最大的字母灯牌下面，正是山地文这家最古老也最赫赫有名的酒厂。我和另一位朋友决定脱离行动缓慢的大部队，去追赶这渐渐要西落的太阳。我们约定午夜十二点在火车站集合，再一起赶午夜的火车。做出这样的决定连自己都有些后怕。我们完全语言不通，也没有联络工具，还是义无反顾地只管向前走。

三步并作两步，我们走过了横跨在杜罗河上的桥。正是埃菲尔铁塔的设计者打造出了这样一座铁桥，送行人和火车在河两岸行动自如。脚下是一艘艘竖起桅杆的小船，运送着一桶桶陈年的葡萄酒，将它们送往欧洲各地。显然这已是几百年前的事情，如今他们已经变成了为游客展览的摆设。太阳渐渐西沉，山地文酒窖已经不再接待游客了。突然一丝由于功课没有做好的遗憾涌上来，眼看就要天黑，对这座葡萄酒一般陈年的城市还十分不舍得。正沿着河边漫

有你，有爱，有红酒，有阳光。

无目的地走着，卡莲（Cálem）酒庄突然出现在我们眼前，这是波尔图另一座著名的酒窖，而距离最后一次参观讲解还有半个小时的时间。

我们买好了进门的门票，决定先去喂饱自己。夕阳刚刚好，照在水面闪闪发光，也映得街边的小房子镀上一层玫瑰金色，暖暖的让人不禁升起一种感动。我们坐在靠水面不远的一家街边的小店，没有阳伞的遮挡，没有汽车的干扰，单纯地呼吸着傍晚的空气，沐浴一天中最后的阳光。一对夫妇面朝着河水，没有人说话，静静地望着来往的人们，徘徊的船只。小店里只有一位满头白发的老爷爷经营着，点菜倒水上菜擦桌都是一个人。完全不懂得葡语的我们只点了菜单上最普通的火腿芝士三明治，和那些最简单的早餐一样，干硬的面包只加了一片奶酪、一片火腿，可是就着夕阳，和着空气中飘着的葡萄酒香气，我尝到了新的味道。

晒过日落的我们走进了酒厂。昏昏暗暗的灯光下，讲解员一步一步带我们探寻着葡萄酒的文化，波尔图的历史。越走向酒窖的深处，酒桶的规格便越来越大，一架高高的梯子直通到两层楼高的酒桶顶上，厚重的木桶不仅仅在保护里面香醇的葡萄酒，更为它们增添了木的香气。一下子，想起了电影中在庄园收获葡萄的时候，男人女人挽好衣袖裤腿，赤脚在巨大的木盆里踩来踩去，舞蹈着、嬉笑着，即使溅到满身是紫色的果汁，也难抵挡嗵的一声打开酒瓶塞那一刻嗅觉味觉的顶级享受。在休息区，桌上早已摆好了各式葡萄酒等我们品尝。将一红一白两杯卡莲（Cálem）葡萄酒均匀地在桌

陈年的故事配陈酿的酒。
"生活大致平静,心中总有波澜。"

第一辑 讲不完的欧罗巴故事

上画圈,将它们充分和空气接触,深深地吸一口——波尔图的红酒的酒精味道很浓重,甜味也很满,却不感觉有单宁的苦涩。

回到了杜罗河旁,我们静静看着日落,抓不住它的尾巴。橘黄色、浅粉色、淡紫色、深蓝色,像被水溶过之后就这样向无尽的天际散开来。满身钢筋的铁桥横跨在杜罗河上,微风吹过脸庞,看河上的小船在静静的水面上拉出一条长长的涟漪,渐渐散开,晕染在心里。海鸥在头上盘旋,夕阳越发透出它的韵味。胃里的葡萄酒还在温热地翻腾,河对岸的传统葡萄牙民谣《法朵》(Fado)的曲调还在响个不停,有人在弹有人在唱。华灯初上,我对这个极度陌生的城市充满了感动。

"生活大致平静,心中总有波澜。"没有人能把人生的一切都安排好,而路上的一切奇遇和偶然,才是真正让它最美丽的原因吧。

大航海精神

在欧洲大陆最西端的葡萄牙早已经没有了昔日的辉煌，失去了"大航海时代"的霸主地位。如今它静静望着大西洋，经历了经济的衰弱和打击，却始终享受着自己的阳光沙滩，一如往常。

我们一行七人的大部队利用在雷利亚两周学习的周末时间，踏上了放肆的自助行。为了节省一晚的住宿和路上的时间，便踏上了这一趟凌晨出发、清晨抵达的夜班车，从波尔图前往小城辛特拉。想着在后半夜空荡荡的车上，我们说不定可以每人霸占一排位置，睡到天亮。不成想，这些葡萄牙人的想法和我们不尽相同。从车头走到车尾，才好不容易找到几个座位。于是就这样蜷缩在座位上，吹了一晚上极冷的空调，眼睁睁看着天蒙蒙亮了才起来。

一下车便察觉得出，辛特拉这座城市颜色鲜亮，到处是彩色的马赛克瓷砖，让人应接不暇。而它留给我印象最深的，便是那座山顶上色彩艳丽的佩纳宫和它脚下郁郁葱葱高耸入云的原始森林。来到山脚下时，佩纳宫还被树叶遮盖得密不透风，不仅看不见它的面

伤心城堡的灿烂笑容，只把眼泪藏给身后的海洋。

不远的遇见

我把力量注进铮铮铁骨，再留一片柔情让你迷恋难忘。
人间的伊甸园，要如何讲述那些沉寂的过往。

目,它甚至还没有开门迎接游客,我们的晚班车到得太早了。坐着公交车盘旋向上,才看到那座宫殿,红的跳跃,黄的鲜亮,在清晨透亮的蓝天和绿色树叶的映衬下,就像儿时梦中的童话城堡一般美丽。它自19世纪40年代始建,四十五年的时间终于打造出这一座集哥特式、文艺复兴式、摩尔式等多种建筑风格于一体的杰作,而后被葡萄牙国王用作夏宫。浪漫主义在这里发挥得淋漓尽致,你甚至可以在空气中感受得到。

英国诗人拜伦曾说过,辛特拉就是人间的伊甸园。尽管佩纳宫绚丽得像童话,它却有着另一个悲凉的名字——伤心城堡。这里承载了葡萄牙最后一位皇后最幸福的记忆,也记录了她苦痛的分秒。正像童话故事里那样,国王和王后在辛特拉幸福地生活着,享受着这里的浪漫气息。然而平静的生活难免会输给乱世,面临国家破产内忧外患的局面时,皇室总是首当其冲为众矢之的。终于国王卡洛斯一世遭到共和派武装分子刺杀,王储也遇刺身亡。王后埃米莉同时失去了丈夫和长子,她的次子只得突然继位成为新的葡萄牙国王。就这样,形势每况愈下,已无法扭转。两年后,共和党便推翻了皇室,她的次子也成了葡萄牙的末代皇帝。有人说,离开佩纳宫前,埃米莉在皇宫的教堂独自哭泣了很久,此后也再没有回来过,最终在法国的异乡孤独死去。不曾想过这样色彩斑斓的城堡会被如此悲伤的故事所笼罩,不由对这座建筑肃然起敬。它在这里矗立见证国家风雨与兴衰,而我们即使只是游人过客,也难免为这故事心生感慨而动容。

终于走进佩纳宫,西欧的风格明显不同于文艺复兴时期的恢宏和绚丽，这里更多了些抽象、精致和大胆。多彩的马赛克在这里用到放肆，墙壁、喷泉、庭院、屋内，处处可见。坚硬的石头在这些葡萄牙大师的手中似乎变成了柔软的泥土，被随意摆弄。那座半人半鱼的希腊神像被描绘得栩栩如生，让人不敢看他第二眼，又忍不住想仔细端详。他大概正在使出全身的洪荒之力，来创造这个世界。城堡上一块块粗糙的巨石，每天接受着海风的吹拂和西欧阳光的洗礼，就这样静静俯瞰不远处的大西洋。

从城堡出来，我们一行七八个一晚上没有休息的人已经累到崩溃，大家打起退堂鼓，准备回家补觉了。我看着手里公园地图上那一大片没有到过的地方，很是不甘心，于是毅然决定继续往前走，去看更多的风景。队伍中只有一个朋友站到了我这边。我们要脱离会葡语的大队伍，自己靠着手里的纸质地图游完辛特拉这整座公园，去里斯本找到那家百年蛋挞老店，然后在午夜之前回到小城雷利亚的家。

分开之前，大部队给我们讲解着要怎样回到里斯本，怎样再去买回雷利亚的车票。可这过程太过复杂，以至于我们几乎刚刚分别就全忘记了。于是他们一行人转头开始往下山的方向走，而我们俩则攥紧了手里的地图，继续往上爬。走出了几十米，依然还在恍惚，我们甚至都没有记下他们的电话，语言不通，在几个完全陌生的城市之间辗转。但我们只得向前，跟着地图走进一大片茂密的森林公园。一转弯，彩色的伤心城堡就被掩盖在树木之中，不见了踪影。

高傲的头,无时无刻不在显示着我的大航海精神。

不远的遇见

我愿和你，看向同样的远方。

第一辑　讲不完的欧罗巴故事　　033

背包里还扛着两瓶从波尔图带来的葡萄酒,可是前进的每一步都觉得轻巧又兴奋。这座大森林中,几乎见不到几位游人,抬头也几乎看不到树枝的最顶端。我们就在这大森林里走走停停,时而躲在贴满马赛克瓷砖的小亭子下面乘乘凉,时而在山间的小溪流旁边喝喝水,和水池里的天鹅嬉戏游玩一番,看它们的优雅把时间都放慢了速度。眼看太阳越照越高,我们只得慢慢走下山,前往下一个目的地。

如果你有机会来到辛特拉,一定要一路西行,直到看到大西洋的地方,来到亚欧大陆最西端的罗卡角,体验"陆止于此,海始于斯"。我们为了赶回里斯本去尝一口那家百年老店的葡式蛋挞而错过了这里,着实是个遗憾。

然而寻找蛋挞的过程竟比想象的要曲折太多。我们凭着记忆,坐着公交车回到了辛特拉火车站,而返回里斯本的这一路,没有列车员来检查我们的车票,也没有其他人和我们一个车厢。一路上竖起耳朵从外星语言一样的葡语中间捡到几个熟悉的英语单词,就这样莽莽撞撞,回到了首都。我举着那本《葡萄牙旅行攻略》沿路询问去蛋挞店的方向,直接冲上了公交车去问还在开车的司机,他却特别耐心地跟我们讲:"我只能把你们在前面路口放下,不然就会越走越远了。"他竟然也没收我们车票的钱,我们连声道谢说"Obrigada",下车继续赶路。

在四十度高温暴晒之下的里斯本,我们背着厚重的行李,走了大概一个小时。终于看到了那家在热罗尼莫斯修道院旁边、始建于1837年的贝伦甜品店。据说1755年的里斯本大地震之后，人们对上帝及宗教产生了质疑，在1834年葡萄牙关闭了所有的修道院，他们为了生存则开始尝试售卖甜点，正因为这样，葡萄牙很多知名的甜点最早都是出自修道院。这家百年蛋挞店也不例外。一进门就被扑鼻而来的甜香气味包裹住，我们毫不犹豫冲过去每人买了八只蛋挞，终于在转角的座位上歇下脚来，好好品味这几只金光灿灿的蛋挞。无论游客还是当地人，总是把这里围得水泄不通，欣赏着墙壁上经典的蓝白色瓷砖，在蛋挞上撒上些特制的肉桂粉，一路的奔波和辛苦就这样被酥脆又滑嫩的甜点给融化掉了。

终于了了这期盼已久的心愿，我们满足地呼吸着这甜腻的空气。在等朋友去洗手间的空隙，我努力让自己睁开困得在打架的眼睛，看着身边的人们悠闲地吃着手里的甜点，也丝毫不担心时间的流逝。突然意识到，朋友已经消失了快半个小时，而我只能坐在这儿守着大包小包的东西不敢离开，想象着各种可能发生的情况，把自己吓得差点儿快要去报警。终于在我崩溃的边缘，她回到了座位，只是淡定地告诉我，她在厕所睡着了。我们相视一笑，真是佩服自己这一路的经历。

出了门坐在附近的小公园里，远远地望过去就是那座发现者纪念碑。好似一艘扬帆起航的巨大船只，载着葡国历史上三十二位著名的航海家、将军、传教士和科学家，朝向特茹河的方向昂首前进着。这是属于葡萄牙的冒险精神，自大航海时代开启，他们让这个世界更早地认识了自己,也让葡萄牙的昔日辉煌永恒展现在了后人眼前。我们终于在深夜之前摸索着赶回到雷利亚住处的时候,对这一份勇敢的冒险精神有了更切身的认识。

我们如今总是倔强地说,我只要过自己想要的生活,不需要去证明什么,不需要去顾及什么。但真的有时候,当你做出了一丁点儿让自己骄傲的成绩,还是会很想对自己说,我竟然做到了,这事儿一定要写进我的回忆录里面。这时候,你看世界的眼光就又变了一点点,想看到更远,体验更多,拥抱更广的世界,拥有更深沉的心理。

这又何尝不可?

大西洋都装不下的思念

冬日里，格外向往夏天的海边。脚踩温热细腻的沙滩，冲进冰凉沁心的海水，自由得像一条鱼。曾在葡萄牙游学的两周时间，更是彻底爱上了海边，也懂得了为何葡萄牙人的肤色都十分健康黝黑。可惜没有机会到南葡去享受最美的沙滩，但也第一次见到了我从未见过的那样壮阔的大西洋海水。

圣佩德罗德摩尔（São Pedro de Moel），这里有葡萄牙诗人阿方索·洛佩斯·维埃拉（Afonso Lopes Vieira）的故居。这位雷利亚地区最著名的诗人出身贵族，他定是有独特的诗书气质，才会选择把这里作为自己的家。它就坐落在大西洋的边缘，推开窗就是一望无际的海水和不断吹过窗棂的海风。这眼前的风景自然成了一首诗。

沿着马赛克石板路走着，脚边便是黑色礁石和一丛丛小花以及奇特的草。峭壁之下，海浪在呼啸，很远都听得见。一浪一浪翻涌着向海边滚去，一次次拍打着岩石激起无数白色的水花，它的欢呼与呐喊让我觉得自己是那么渺小。那种广阔，那种浩瀚，那种远望

走在世界的边缘。

038 不远的遇见

海洋心生澎湃的感觉，还是第一次拥有。它好像带着无穷的力量，不像单单为人们度假准备的温柔海浪，软绵绵的让人放松。

转弯走进安静的居民区，楼房都被刷上很鲜艳的颜色，明亮的黄，澄清的蓝，耀眼的粉，但更多还是干净的白色。这碧蓝澄清的天下，只有如此白净的房屋才让人心灵透彻。在故居里迎接我们的是一位专门研究诗人阿方索（Afonso）的老师。她把阿方索的一点一滴为我们一一讲述，在诗人的故事里，因为有了她的热情，我被深深地打动。不知是谁说过，对某一件事物有着深刻热爱的人总是很令人钦佩。这间海边的小屋里，还收藏着一件件几个世纪之前的信戳和文字，也保留着诗人那一份慵懒又明亮的生活态度。

在阿方索的故所旁，有葡萄牙唯一一座窗口朝西的小教堂。天蓝色的墙壁由几百颗贝壳装点布置起来，圣母玛利亚静静地站在窗口望着每一位前来的众生，希腊在我的心中也不过就带着此番的神圣。同行的老师满怀热爱地讲述着这里的一草一木。每个晴朗的下午，阳光会准时透过西边的圆窗，照在小小教堂的地上，多少新人都选择在这里接受这一束特别的阳光，将美好幸福的生活从这一刻开始。最后她补充道："没错，我也曾在这里举办了自己的婚礼。"再望向她，她满脸洋溢着幸福，那黝黑瘦小的身体里，仿佛积满了无穷的力量，美得好像一幅电影画面。当午后的第一缕阳光射进那小小的窗口，她与自己的爱人许下终生的承诺，我从她微微上扬的嘴角里看到一丝淡淡的幸福。仿佛心中有一种信仰，那其他什么都不重要了。

从这悲伤的诗意情绪中抽离出来,我们动身前往著名的海滩纳扎雷(Nazaré)。未见到她,却已经被她美丽的名字所吸引。带着一阵好奇,我一下车便径直走向石崖的边上,霎时,满眼的蓝绿色闯了进来,一阵海风顺着陡峭的岩石扑面而来,那是一阵顿时让人热泪盈眶的风,空气中充满着沁人心脾的大西洋的味道。即使从这么高的崖壁上,也清楚地看得到那些藏在海水中的礁石,像橄榄石中间的一些小小瑕疵,却又因有了这些斑点而显得生动不已。蜿蜒的海岸线一览无余,直到消失在天际里。沙滩上阳伞摊子摆得满满,让我更想要触碰那凉凉的海水。放肆的海风跑过来堵住我的耳朵,吹飞我的头发,好像只想让人单纯彻底地去享受每一丝阳光。

终于在远离海湾的这一边走下了沙滩,海浪在远远放肆地招手,脚下的石粒却让我们举步维艰。抓起一把来看,一颗颗晶莹的小石头掺杂着各式贝壳的碎屑,被阳光照耀得闪个不停。水晶一般的海水一浪卷着一浪打在沙滩,发出巨大的响声,那是大海的心跳,是它的呼吸,乳白色的浪花你追我赶,像是在比拼谁能跑得更远。终于撒开欢儿跑去迎接大海的怀抱,像神圣的洗礼一般,我把手伸入大西洋的海水中。清澈见底,冰凉透心。我们叫着跳着跑着笑着,欣喜于夏日里海水的冰凉,兴奋于大洋彼岸阳光的温柔。在这片没有人的海滩,我们也不怕湿了衣服或是沾满沙石,就像孩子那样扑腾在海水中。

我已经想不起那位诗人的一生留下了多少绚烂的痕迹,但每每翻开日记本的那一刻,这几句话总会戳中内心。一时间,眼前便会

软绵绵的浪花，带着坚毅的力量。
希望这海水不像苦涩的泪花，倒像一地的珍珠。

第一辑　讲不完的欧罗巴故事

浮现出不远处大西洋那喧嚣着的海浪，拍打着礁石发出唰唰的声音，就像是海洋的叹息。面前拥有无限广阔的海洋，却没有一处可以安放自己的思念。想起一些逝去时光的时候，应该就是这种感觉吧。

Esta palavra SAUDADE	"思念"这个词
Aquele que a inventou	发明它的那个人
A primeira vez que a disse	第一次张口说出它的时候
Com certeza que chorou	一定是流着泪的

——Afonso Lopes Vieira

天使坠落的城市

威尼斯，是这世界上最特别的城市之一。曾经一位名叫约翰·伯兰特的作者以这里为背景写出一本《天使坠落的城市》，真真假假的故事源头正是那座著名的威尼斯凤凰歌剧院。300年来，它三次被大火烧毁，又三次浴火重生，见证着威尼斯的兴衰历史。作者非常巧妙地借用威尼斯人的口，仿佛带着你在威尼斯的每条街道走了一遍，娓娓道来讲述着这座城市的历史荣光、文化遗产。这里的人们如同城中曲折的水路一样神秘，以他们独特的文化和风格吸引着世人。建立在水上似乎漂浮不定的城市，却仿佛被巨大的天使光环保护。

威尼斯的水路让人迷离，陆上的路更是曲曲折折。夏日傍晚的威尼斯依然热气弥漫，带着一丝丝水分蒸发的黏腻。我们按照房东给的地址一路摸索着在无人的小路前进，几乎只能抬头望望天上的星星和月亮来指引方向了，时不时走到没有道路的河边，时不时又拐进了死胡同。即便绕了许多个弯都没有方向感，而我们依然兴奋地望着周围星星点点的灯光照亮这些厚重的砖瓦，期待着前面的那

一支贡多拉，加一首小曲，就是威尼斯最美的乐章。

家亮灯的窗户，或许就是我们的住处。

沿途问了几位当地的老爷爷，才终于在绕了无数圈之后找到了我们的小屋。放下沉重的行李，我们也不甘错过这神秘的夜色，一行几个人走到了安康圣母教堂的门口，二话不说，就在这简陋的木板搭起的码头上席地而坐。旁边的那座木码头上，一对背包客情侣大概就把这儿当成了今晚的落脚点了，女孩儿身子蜷缩在睡袋里，脑袋枕在了男孩儿的肚子上。他们只是安静地聊聊天，伴着水波荡漾的声音，似乎很容易进入梦乡。

第二天的清晨，我们端着果酱麦片面包牛奶，坐在阳台上享受这天的早餐。那边石柱上刚刚还停着一只海鸥，扑扇着湿漉漉的翅膀，转眼飞到晨雾里不见了。楼下的咖啡店正慢慢开启卷帘门，迎接着自己的第一批客人。街道上星星点点的几个人，相互道着早安。在这一片静谧中，我们迎来第一个威尼斯的早晨。

除了威尼斯主岛，威尼斯潟湖附近还分散着百余座岛屿，由纵横交错的水道分割，这样的水巷为威尼斯赋予了温柔的一面。潜移默化中造就了威尼斯人们在绘画、音乐、雕塑等等各个文化领域的独特风格，在世界文化史上都产生了极其重要的影响。而这些岛屿其中的两座正是威尼斯人艺术成就最好的见证——玻璃岛和彩色岛。

我们踏上公共汽车一样的汽船，终于从陆路上迈向了威尼斯的水路，渐渐看到传说中贡多拉的影子。船夫那么绅士优雅，穿一袭黑白条纹的 T 恤搭配着一顶轻松的草帽。像两头高高翘起又卷曲成精美花纹的船尖一样，他们都有着属于自己的那份高傲的姿态，成了这水路上最美的一道风景。如今他们多半已经成了游客要出大价钱才享受得到的奢侈，更多的交通工具早已经被烧油的汽船代替，但贡多拉永远是属于威尼斯的古老文化遗产，仿佛还让人看得到古时贵族在金碧辉煌的贡多拉上小憩，听船夫在水面哼着悠扬的歌。

太阳出来了，人群也越来越多，一扫夜晚的安静祥和，这里突然变成船声嘈杂的热闹旅游景点。渐渐驶离威尼斯主岛，我们就这么轻易迷失在了晨雾中，四周都是碧蓝的水、浓厚的雾和呼啸的风，看不到前方，也不知道目的地玻璃岛距离我们有多远。逐渐接近目的地，那河岸边的城堡就像海市蜃楼般划过雾气露出了脸，阳光也在缓慢升温，就这么带走了威尼斯清晨的浓雾。

这座面积不大的玻璃岛，它以威尼斯的彩色手工玻璃制品而闻名。12 世纪随着世界贸易的发展，威尼斯一度成为世界玻璃制造业的中心，并在接下来的几百年里向欧洲甚至世界各地输送精美的枝形吊灯等玻璃制品。小岛的道路两边各色玻璃制品商店琳琅满目，高端的玻璃制品花瓶、手工制成的玻璃指环、供游人参观的玻璃加工厂，或是路边随处可见的玻璃雕塑，把这个小岛装饰得晶莹剔透，色彩梦幻又迷离。一片片脆弱轻薄的玻璃制品看似简单，却不曾了解玻璃匠人制作炫丽玻璃的背后需要多少道复杂的工艺，加入各式矿物元素、掐丝手艺，才制造出如此多样又精致的玻璃，釉瓷、金星、千花、马赛克、乳浊玻璃，甚至仿制宝石。一想到它们都是七百年

浪漫藏在世界的任何角落，有些你或许想象不到。

第一辑　讲不完的欧罗巴故事

有些梦境，来源于真实。
潮汐如同呼吸，那是一座特殊城市的律动。

不远的遇见

前流传下来的古老技艺，敬意便油然而生。

再次踏上小船前往更远的彩色岛的时候，正是下午两点钟太阳最毒辣的时候。我们一登上小岛，就被满眼跳动的颜色吸引住了，心情瞬间像被彩虹照耀一样，像小孩子来到了童话世界，都忘记了要躲避阳光的灼热。上帝打翻的调色盘，应该就是掉落在这里了。传说威尼斯岛上的人们曾多以捕鱼为生，而每天清晨必将经历的大雾让渔民难以看清前路。于是政府下令让每家每户都将房子涂抹上绚丽的色彩，即使在浓雾中，渔民也能够辨认家的方向。这项传统就这么一直保持了下来，岛上的每座房子都按照精密的色彩分布设计延续着自己的颜色，如果想要擅自改变它，甚至还需要提交政府审议。

这座小岛上，蕾丝也很出名，女人们会用自己一生的时间在岛上编制花式繁复又精美的蕾丝制品。这满眼的彩色和手中精致的编织品，让这远离大陆的孤独小岛变得格外富有生机。每走几步你都感觉得到身边布满了艺术家，一位年轻女士在展示自己刚刚钩好的一份蕾丝制品，前面的那家首饰店里有各式各样自己设计制作的玻璃制品首饰，巷子口的画店主人就坐在他那张布满油彩的桌子上创作，来往的顾客也丝毫无法打断他的灵感，而那些画上，就映着他身后这座彩色岛上绚烂的彩虹房子。这些构成了我对威尼斯最美好的回忆。

这一行的遗憾是我们没有足够的时间，不得不放弃了威尼斯最著名的圣马可广场,但那儿总给我留下一份期盼和憧憬。或许我下一次有机会再乘船来到这座城市,会对它更加珍惜和敬仰。从威尼斯回来,我又拿起这本《天使坠落的城市》,感受到真实的威尼斯的呼吸,它不再像面具下面的脸那么神秘未知,也不像圣马可飞狮一样神圣而遥远,它告诉世人在不安分的潮汐面前,威尼斯人依然绚烂地生活,他们所留下的文化瑰宝正是对这一份自然馈礼最好的回报。

"威尼斯的律动就像呼吸一样,"他说,"高水位压力就高,人也紧张。低水位压力就低,人也轻松。威尼斯人跟车轮的律动一点儿也不搭调。那是别处有机动车辆地方的律动,我们的律动是亚德里亚海式的,是海的律动。在威尼斯,律动随着潮汐一起波动,而潮汐每隔六小时转变一次。"

——约翰·伯兰特《天使坠落的城市》

迷失在童话里

当我们已经慢慢过了相信童话的年龄，小时候向往的迪士尼世界似乎都被罩上了人工的色彩，已然不愿相信，不料成人的世界竟然也存在真的童话小镇，绚丽又安宁。从出发前的行程单来看，我们只把半天的时间留给了意大利佛罗伦萨附近的五渔村。但对于没有做功课的我来说，还完全不知道自己要去的是个怎样奇妙的地方。

从比萨到蒙特罗索的绿皮小火车穿过层层山洞和隧道，隐约一闪而过的海面在悬崖间偶尔露出小脑袋，可那样沁人的蓝就瞬间注入了眼眶，让人不知身在海上还是天上。轨道沿着海岸线一直蜿蜒向前，深蓝色的海水渐渐被金黄色的沙滩、娇嫩的鲜花和一顶顶色彩明亮的遮阳伞夺去了焦点。在靠近车站终点的附近，那清澈的蓝天下，碧绿的海水中，到处是嬉戏的人，或享受着海水的清凉，或体验着阳光的灼晒，空气里藏着一股子绚烂，好像生命中还没有闻到过这样的味道，还没有见过这样跳跃的色彩，它们就在眼前真实地弥漫开了。

不远的遇见

到了这第一座小渔村，接下来一连串的五座渔村，可以选择步行，我们坐了另一段的小火车，在一个我已经忘记名字的村子下了车。这小小的海湾有最清澈见底的海水，随风波光粼粼映着光芒的海浪，奇形怪状的暗礁岩石。悬崖峭壁上的每栋房子，都刷上了不同的颜色，热闹又不张扬，温暖又不热烈。好像每个颜色的窗户里面都住着一位性格迥异的主人公，每个人都带着自己的故事，随着这日升日落，潮涨潮落，把每一天都过成童话。

走向海边的路上，越来越多金发碧眼的年轻面孔让人赏心悦目得很，那种随性又热情的气息从他们身体里飘出来，弥漫了整个海边。在这个峭壁中间的海湾，不同于柔软的沙滩石滩，没有大片歇脚的地方，只见得三五成群的人们漂浮在碧绿如玻璃一般的水面上，水下的礁石棱角分明，看着水纹丰富的层次就知道它深得触不到底。好遗憾来到这里竟然没有随身携带一套泳衣，不然只想一头跳进这透亮的水中做一只美人鱼。再一抬头望去，那不远的悬崖上站着几个跃跃欲试的年轻人，伴着一声尖叫从高高的崖边一猛子扎进沁凉的海水里头，溅起来大片的水花，就像绿宝石一样散落一地，瞬间又恢复平静。

一条连接两座渔村的小路依靠着海边的悬崖而建，一面是陡峭的石壁，一面便是开阔的大海，任由海浪不停拍打着碎石发出震撼的呼啸声。而就在这一条小路上，你可以见到各色各样恋人发起誓言的同心锁，刻满两人名字的仙人掌叶片，还有满是箴言与爱语的石壁。夕阳渐落，爱人们手挽手走过这段"爱之路"，好像那一刻，世间最美好的事情就是和最爱的人在这条路上走上一圈，哪怕静静地，不说话。

为什么意大利总有着各种灼热浪漫的爱情故事？在罗马假日里，在西西里的美丽传说中，在托斯卡纳艳阳下，在维罗纳的花园阳台上……这四十度的高温，好像蒸干了所有现实的束缚和心底的怯懦，眼前所有景象拼凑出一个浪漫的幻境，你看到有人在夕阳下拥吻，有人面对着大海相互依偎，或许只是手牵着手走着陡峭的楼梯，他们身边总是有爱心气泡在漂浮。空气中自带着淡淡的迷情剂，你眼见的一切，都希望能和那个你最爱的人一起分享，不管他在身边、在心里还是在未来。这五座小村，让人有种热恋的感觉。

这开阔的海景，浪漫的气息，一切都仿佛要留住我们不要离开，短短一个下午的时间，让我们初识并深爱上了五渔村。一行三人毅然做出一个决定，不顾返程的时间，扔掉提前订好的车票，等待日落的降临。下午五点多的时间，太阳还依旧高高挂在天上，我们转身走进半山腰的一间餐厅，品尝起意式美食与美酒。直到现在我还记得每一口食物的味道：鲜香的龙虾意面就像跳下悬崖勇敢的少年们，甜腻的柠檬起司蛋糕好似海边沙滩上嬉戏打闹的孩子们，而那杯杯壁上挂满水珠的白葡萄酒，正像是阳光下慵懒拥抱的恋人们。

眼见着太阳渐渐西沉，趁着朋友们在山顶静静等待日落的时候，我一个人找到一处没人看管的隐秘角落。面前是开阔的海平面，没有任何人工的痕迹阻碍，手腕粗的绳索拦住了悬崖边，可开口的地

未知的未来，或许总会用惊喜来欢迎你。
你愿用什么，来换这样一个下午？

第一辑　讲不完的欧罗巴故事

方明显通向了一条石阶。我不安地环顾着四周，发现没有任何警示的标志，于是小心翼翼地坐在台阶上一步一步地向下挪去。太阳就挂在我的眼前，把一切都镀上一层玫瑰金色。周围没有一个人的打扰，我只听得到海浪拍打着礁石发出哗哗的声音，和自己兴奋又惊奇的呼吸的声音。为了这美景，等待了一个小时，而那金黄色的余晖终于在短短的十几分钟内转瞬消逝。我们带着一身咸腻的海风味道，怔怔地望着远方淡下去的光芒，有些失落。

　　七八月份的意大利，到了晚上八点才渐渐黑了下去。收拾好心情，我们终于艰难地迈开脚步走向火车站的方向。可点开售票机器的一刻，整个人都回到了现实。末班车已经早早地开走了，下一班车将在凌晨五点钟才会来接我们。索性，我们回到了小村子最繁华的饭馆和酒店，就坐在路边的阳伞下，吃起龙虾喝起红酒，涌进最热闹的人群，看他们在夜色下唱着歌跳着舞，即便一天都扑腾在海里，能量也不会用完。一杯接一杯的酒精下了肚，微醺的状态让我们忘记了自己即将面临无家可归的一晚，就这样一直说说笑笑，佩服着自己的决定，又时而把这件事当作笑柄。就这样嘻嘻哈哈，直到最后一家店打烊，最后一盏灯熄掉。

　　凌晨两点钟，一行三个人呆坐在无比漆黑的海边，眼睛在打架，心跳也是飞速，却也不敢真的睡去，只能抬头寻找有没有一颗流星来和我们做伴。另外两个抗冻的人把身上能保暖的东西围在了我身上，虽然只是两条纱巾而已。远远的岸边那艘船上还亮着一圈圈闪烁的灯，烤肉滋滋飘散出来的烟在黑夜里竟是一样清晰。似乎有人在音乐声里说说笑笑,却又被海风吹散听不太清楚。时不时走过来两三个醉醺醺的男子,我们的精神都瞬间警惕了万分,开始研究起逃跑路线。只有那位酒量不高的朋友,一直在偷瞄人群中的帅哥,我们要努力拦住她,才能阻止她去跟陌生醉鬼搭讪。

再后来,那船慢慢开走了。或许它是开始了这一整个晚上的海上狂欢。然而,热闹是他们的,我们什么都没有。是,连件保暖的衣服都没有。于是,我们浪费掉了一张车票和一夜在佛罗伦萨温暖的被窝,却收获了最难忘的日落和满天的繁星。

这大概就是有着最好结局的童话故事吧。

我的罗马假日

罗马是一个我久久不敢触及的目的地。怕的是世间任何华丽绚烂的辞藻都无法形容你见到罗马时候的心情，以及那些大街小巷随处可见可闻的艺术。经过那么多世纪的沉淀，罗马真的成就了每走一步都是风景。每个人都在说欧洲经济逐渐衰弱，可你真切看到街上的人们，依然在享受午后的阳光，在谈着天喝着咖啡，老爷爷老奶奶也要在冰淇淋店排着队等待那一口甜香冰凉的美味，年轻的人们三五成群说说笑笑，脸上洋溢的都是满满的意式阳光。

罗马神话告诉我们，这座古城的建立距今已有两千七百多年的历史。它的建立者是一对被母狼喂养长大的双胞胎兄弟。如今在城市的一些角落，我们总还会发现这样一座母狼与双胞胎的雕像。或许正是因为这缘故，罗马城的建立带着一丝血性和生猛。

想要体验古罗马君王的丰功伟绩，必然少不了斗兽场。从前对它的印象，除了它是罗马城市的地标建筑，大概只有血腥的斗兽运动，我一直十分无法理解人类为何会用如此残忍的方式来取悦君王，

困兽之斗，有着残酷的无奈。
自身的渺小只有在这一刻才格外深刻。

第一辑　讲不完的欧罗巴故事

而让奴隶直面那些张开血盆大口的凶残动物，甚至一度觉得这座建筑散发出的红色仿佛是被那些角斗士或是动物的血液所浸透发出的颜色。排了很久的队，我们终于进入到了斗兽场的内部，身处它中心的时候，才是更能体会它的壮阔和雄伟。

看起来如此空洞的斗兽场，已然不见昔日喧闹的斗兽场景。这座环形阶梯状上升的建筑，在如今依然是体育场馆建设的参照模型。脚下的平台早已腐朽，现在能看到的只是当时关着猛兽的一个个隔间。那些墙壁支撑着平台，形成供奴隶与野兽展开搏斗的平台。神奇的是这座竞技场竟然可以利用输水管道将水引入表演区，瞬间形成人造湖，来表演海战的场面。想想在你眼前上演人类大战狮子老虎之后，又瞬间开始与鲨鱼的搏斗，这样的场景，是要比电影情节更紧张刺激许多。我再也不敢小觑这竞技场，老套地开始感叹，人类是多么渺小，又多么伟大。那些残忍的历史已然成了人类文明史上最珍贵的记忆之一。

和另两位朋友分开走了一段，于是我们相约几个小时后在万神殿里面集合。这是至今完整保存的唯一一座罗马帝国时期建筑，距今已有两千多年的历史。据说它由罗马帝国的首任皇帝屋大维的女婿所建造，用来供奉奥林匹亚山上的诸神。这座建筑的各个角度包含着精准的几何图形，门前的几根大理石圆柱支撑起了几十米高的门廊，加盖两层三角形的顶，形成了完整的长方形门面，墙上已被岁月痕迹洗刷过留下模糊的圆拱形装饰，逐渐向上搭建出了当时最大的穹顶，穹顶的中心有一个直径八点九米的圆形空洞，用于整个建筑的采光。果然一走进这间大殿，那一束从上方斜射下来的阳光就第一个吸引住了我的目光。

除了万神殿在建筑界的重大意义，它还一直保留着许多圣骸，其中最著名的就是拉斐尔的墓地。作为意大利文艺复兴时期最伟大的画家之一，拉斐尔与达·芬奇、米开朗琪罗并称文艺复兴时期艺坛三杰。但在整座雄伟的万神殿面前，拉斐尔的墓地显得轻巧又朴素。高超的艺术造诣和天赋使得拉斐尔被神化，这也表示了拉斐尔已经达到文艺复兴时期艺术家所能达到的最高峰。它的墓志铭更是让我过目不忘："你活着，大自然黯然失色；你逝去，大自然悲恸欲绝。"我在殿里的长椅上坐了好久，看头上的那一片圆点从一边移动到另一边，感受高高的穹顶之上洒下来的天堂之光。

三十八度的艳阳下，记忆里的罗马城总是散发着大理石象牙白的光芒。百年之前的能工巧匠们在这座城市洒下的珍宝经过时间的沉淀，不断加深着它的底蕴。或许和几千年前并没有太多的变化，它们穿越着时间，就一直注视着这世界轮回的变化。看着路上的车水马龙才渐渐从那些古老的历史回忆中抽离出来，为它们能够被如此珍视地保护而感到欣慰。如果你好奇，可以去百度搜索一下罗马地标，即便小五号的字码，也要排出一整页的条目。我们只有短暂的三天时间留在罗马，不知道该如何将每分钟都掰开，才能看过这座城市的每一处美好。

逃离了游人如织的斗兽场和万神殿，一阵阵悠扬的贝斯和提琴

安妮公主和我们穿越时光重叠，在这夕阳下。

的声音把我们引到了这座广场上,面积并不大的它,却让你不知该将目光聚焦在哪里,原来它就是罗马最美丽的广场。纳沃纳广场,那三座巨大的大理石喷泉的潺潺水声已经从遥远的地方传进了耳朵里,它们仿佛让这片小区域的气温都降低了好多,也让空气欢快了不少。广场上两座著名的喷泉都来自贝尼尼之手,而中间那座带着方尖碑的最高喷泉建筑,建于1651年的四河喷泉,更是巴洛克艺术高峰期的代表作。它代表了文艺复兴时代地理学者心中已知四大洲的四条大河:非洲的尼罗河,亚洲的恒河,欧洲的多瑙河,和美洲的拉普拉塔河。那雕塑上的人物肌肉线条清晰无比,大理石雕刻出来的棕榈叶子也仿佛在随风摆动着。

或许正是因为纳沃纳广场给人带来的艺术气息如此浓厚,这里也吸引了拥有各种拿手绝活的街头艺人们。拉琴的、吹萨克斯的、画画的、杂技的、表演印度漂浮术和假扮雕塑的……一时间让人眼花缭乱。大家互不打扰,也并不喧闹,只是顾着自己那一片小小的摊子,把这里当作公共舞台。这种现代艺术与古老建筑文明的交相呼应,让人应接不暇,也不禁感慨,是多么强大的文明传承与保护才将它们如今依然完整地呈现在我们的面前。

而说起喷泉,最负盛名的要数罗马许愿池。这座高约二十米的喷泉建筑,是全世界最大的巴洛克式喷泉。自从在《罗马假日》中出镜,便吸引了世界各地的浪漫游客前来,人们从三岔路口的各个方向涌到这个台阶下面,只为欣赏这样一座雄伟的喷泉建筑。高大的海神驾驭着马车,被神话中的诸神围绕,他们站在一片凌乱的礁石上俯视众生，泉水从他们脚下的礁石之间涌出，又汇聚到一起。这座许愿池被雕刻得亦动亦静，带着难以言喻的壮阔。

　　如今这个景点无论任何时候都被游人围个水泄不通，而我们竟然挤到了许愿池的旁边，伸手就摸得到那水面。我们也学着每个前来的游人，据说背对喷泉从自己左肩上抛出一枚硬币进许愿池，那么总有一天，你还会再回到罗马。不知自己扔出的那一枚硬币会不会与别人的重叠起来？正在朋友闭上眼睛默念着愿望，准备抛出硬币的一瞬间，其他人的一枚硬币却准准地砸到了她的脑袋，捡起来一看，竟然还是最重的一块钱硬币。摸着头上渐渐鼓起来的包，心里又气又笑，希望这只是自己的愿望将要实现的一个小插曲。

　　在罗马的最后一顿，我们像当地人一样，坐在街边的小酒吧，才仅仅是下午四点钟，便开始了一杯接一杯的鸡尾酒。红白格子的桌布上面，一只竹编的小筐里摆满了充饥的面包，免得让我们喝得太醉。小的时候最喜欢的就是坐在窗边看街上人们的来来往往，看他们脸上的表情，猜他们要去的地方。如今在罗马，也是这样。人们都放慢自己的脚步，或是你刚刚路过的那幢老房子，或许是即将来到的喷泉广场，可能还有随处都见得到的古老建筑雕塑，都让人忍不住驻足欣赏，出神许久。

　　早已听闻意大利的治安很让人头疼，一个做导游的朋友曾经带着一车游客去罗马，竟然整个大巴车都被窃了去。于是我们四个女生走到哪里，都保持着企鹅取暖的姿势，背包挎在身前，时刻保持

一杯酒，一段静下来的时光，是对旅行的褒奖。

警惕。然而正是这最后的几杯酒,让我们毫无意识地放松了下来。享受过这一顿就着夕阳的鸡尾酒,我们正要起身前往西班牙广场,却发现一位朋友的手机已经凭空消失了,尽管她清楚地记得手机被自己收进了背包的内侧。回去餐馆再寻找已经是无济于事了,抱着极其遗憾又懊悔的复杂心情,我们走向最后一个景点。

西班牙广场,走到这里的人们难免都会做起一段公主梦。天色渐暗,坐在大台阶上体验一回赫本在罗马假日里吃冰淇淋的那份优美和惬意,一天的阳光灼烧和疲惫就这么轻易被愈合了,人也变得深沉起来。耳边响起了意大利小调,当你坐在这石阶上,好像空气的节奏都变得明快起来。台阶前一座喷泉里面,晶莹的水珠一直在跳个不停,偶尔有人上前用这清凉的喷泉水洗一把脸。这一座小舟喷泉,是贝尼尼父亲的杰作,由于特韦雷河的一次决堤,一只小舟被水推到了这里,他从而得来了灵感。小舟喷泉为这座人满为患的西班牙大台阶,倒也增添了不少灵气。最爱的是夏天的夜晚突然吹来一阵清凉的风,这时候天色还没有完全暗下来,微微亮的橘黄色灯光和那天边渐渐深蓝的交接十分搭配。

后来你猜怎么着?几个月后的某一天,我们已经回到莱斯特很久。朋友的邮箱里突然多了一封来自意大利宪兵队的邮件。他们找到了丢失的手机,发现了手机上 Facebook 注册的邮件地址,于是发来邮件,询问朋友能否出庭做证。遇到这样的事情,恐怕也是这辈子头一遭了,原来意大利宪兵队不只有颜值,竟然还能如此严谨认真。

一个人的一辈子，在这世界上的日子或许总能数得过来，可你却很难记得某一天的每一件事情。走在旅途中，它终于会把你生命中的这一天变成最为清晰的那一天，让你在这珍贵的二十四小时里经历那么多或许此生只有一次的难忘体验。让你从今往后再在哪里见到它，都觉得十分熟悉和亲切。从罗马假日回到生活中，大概和影片中安妮公主的感觉十分相似。这样的一天，就像做了一个完美的梦，它却总有醒来的那一刻。

　　可庆幸的是，我们总还是有美梦可以做的，不是吗？

意大利美食之旅

在我看，这里显然是个最适合蜜月的国度。靠近海岸线，有我见过最清澈深沉的海水和令人欢呼雀跃的阳光沙滩，走进市中心，有最古老绚烂的艺术文明和历史文化，无论走到哪里都会被景色甚至身边的人包围在浪漫空气中，更不用说路边随手就可以买到一只香甜可口的冰淇淋，让甜蜜升级。

比萨是来到意大利第一件想要吃的美食，或许在样数繁杂的中式菜肴面前，它只像是为了省事而简单拼凑出的快餐，然而面粉、奶酪、酱汁和火腿的完美搭配造出了交响乐一般的美妙味觉。这些食材，自然便是决定口味的重要一部分。

我们随意走进了一家就近的小餐馆，典型的意式风格已然扑面而来，红白格子相间的桌布，摆满葡萄酒瓶子的吧台，还有新鲜出炉烤面饼的香气。饿着肚子已经顾不上去研究满眼看不懂的意大利菜单，让老板果断推荐了最受欢迎的一款比萨。显然，这是在看不懂语言文字的国家里，我们最喜欢的惯用伎俩。

这家小店果然没有让我们失望，用传统石头烤炉制出的比萨饼坯外脆里嫩，韧劲十足，还带着浓香的小麦味道。鲜咸的熟火腿和锁住汁水的蘑菇被厚厚的芝士包裹，轻轻扯开，会连起一道长长的丝线。这时候一定要用手把这一块三角比萨举过头顶，让垂下的芝士首先触碰到舌尖，这才是一股真实的意大利的味道。

除了随处可见的比萨，意面的种类更是让人多到不知如何选择。让选择恐惧症患者们，总要端起菜单仔细欣赏许久。

Spaghetti——这是我们最常见的意大利面了，细长条麦香味道的面条，我喜欢搭配黑椒牛肉酱汁，或是三文鱼奶酪，厚厚的酱汁水可以沾满面条的全身，满口留香。最特别的那一盘，还要属在威尼斯吃到的特色墨鱼面。它算是威尼斯的美食招牌，没有吃过墨鱼面，威尼斯之旅都会留下遗憾。吸收了黑色的墨鱼汁，还有最鲜嫩的墨鱼肉搭配左右。一口吸进嘴里，会把嘴巴和牙齿全部涂黑，这时候，很适合来张自拍。

Macaroni——通心粉，这可能是除了传统 Spaghetti 以外最受欢迎的意面了。在弯曲或笔直的面管中间，总是会不小心藏着一些酱汁，一口咬下去满溢到嘴角，像是不小心中了奖的惊喜。

靠近南部的海岸线上，各式海鲜就成了餐馆里必不可少的食材。意面中也会毫不吝啬地放入牡蛎、花蛤、鱿鱼、海虹，甚至整个一只龙虾。更不用说是塞满肉馅的小鱿鱼，和清油炸过的大虾、手臂

食物不仅为填饱肚子，还深藏着一座城市的古老故事。

吃一朵开进胃里的花。

一边长的章鱼爪，挤上鲜柠檬汁，把海洋的味道一股脑吃进肚子里。这样的美食面前，我的每一顿饭都会记得配上一杯当地葡萄酒，整天，都让自己处在微醺的幸福之中。

吃饱喝足，不能忘了叫上一份甜品。提拉米苏、意式奶冻、核桃脆塔、还是柠檬奶酪，从不忍心第一个把叉子伸向这件可爱的艺术品，到把盘底的每一粒碎屑和奶油都粘上勺底，或许用不上两分钟时间。但它总会不意外地，让你嘴角上扬地，结束这顿晚餐。

在炎热的夏天，我无法抵挡路边冰淇淋的诱惑。在意大利，冰淇淋被称为 Gelato，脂肪含量仅在 8% 以下，拿着它站在路边不到两分钟，就会慢慢滴下冰淇淋眼泪，化到手上都沾满甜甜的水果味道。这也让它的赏味期限变得很短，所以我们吃到的，自然都是现场制作出的冰淇淋。加上新鲜果肉或坚果，三个球的冰淇淋，会带来一整天的好心情。

在罗马的街头，如果你找到了 Amorino 冰淇淋，那么你是很幸运的。它的标志是一个可爱的小天使，举着一只诱人的冰淇淋。"Amorino" 在意大利语中意思是"微小的爱"，就在手中这一只冰淇淋中，你一定感受得到这份爱。每种口味的冰淇淋，被做成七彩的花瓣，把它接过手中，就像收到一捧玫瑰一般开心。接着，就像孩子一般享受它带来的清凉甜蜜吧。

又想起那个被末班车抛弃在五渔村的晚上，还好在这样无人问津的小村庄，还有一份柠檬味沁心的甜品，喝上一杯意式马天尼，给这个冰冷的夜晚，画上了温暖的一笔。

有的时候，食物就是可以让你想起一个国家带给你的全部感受，它们早已经不只为了填饱肚子那样简单。而是把那时的空气、阳光、气温和感觉，都融进了你的回忆中。

晴雨不定巴塞尔

飞机降落在三国交界的巴塞尔机场,欧洲的味道就扑鼻而来。这次的欧洲之行有些特别。我不再需要每隔两天就背起行囊,辗转机场火车站,总是提心吊胆怕记错发车时间,又怕按掉闹钟继续睡过去。大巴接我们来到莱茵河边,停靠在那儿的维京游轮"艾斯特拉号"将在接下来的十天充当我们移动的家。

巴塞尔是这趟航程的第一站,这是一座很宁静的"小城",却也是瑞士第四大城市。蜿蜒的莱茵河把它一分为二,静静的河水总是波澜不惊,连天鹅拂过水面的涟漪都会摇摇晃晃许久都不散去。每个人的房间,都带有一只小小的露台,推开窗,冷空气扑面而来,带着一丝河水的清凉,还夹着河边那些绿叶子的味道。

想象不到,这样安逸的城市,竟也布满了博物馆。大大小小林林总总的物品,无论是你想得到或想不到的,或许都被某位有着收藏癖的人变成了博物馆。你看街边那扇小小的窗口,挂满了透明彩色的玻璃管子,竟然是座温度计博物馆。其中一座以机动艺术创作而闻名的丁格利博物馆更是巴塞尔一张著名的名片。在剧院广场上，我们看到了来自丁格利的喷泉作品。看过欧洲文艺复兴写实宏伟又壮丽、如罗马许愿池一样的喷泉，这十座小小的机械喷泉的确颇具新意。黑色硬朗的钢铁外表，在几米见方的池中把水流玩出各式弧线，周而复始，从不间断，却有一种难以言喻的魅力，形成一幅强弱交错的和谐美景。

我们跟着有二十年巴塞尔生活经验的导游穿过隐秘小巷，又走过市政大楼正在开会的办公场所，沿途看到一支支向左弯曲的黑色主教权杖，那便是巴塞尔市的市徽。一路来到巴塞尔大教堂，红砂岩双塔高耸入云，时光沉淀了它的颜色，比砖红更深沉，比深棕更俏皮。

一头钻进一人宽的旋转楼梯塔，准备爬上巴塞尔的制高点。遇到欧洲的教堂，这样的楼梯难免要登上一次，一路的昏暗眩晕都在推开门的一刻被冷风吹散，被极目远眺的美景吸引去了全部注意。莱茵河从脚下伸向远方，远处与德国接壤的黑森林郁郁葱葱又神神秘秘，好似隐藏着讲不完的童话故事。陡峭的屋顶铺满黄、绿、白色马赛克一般的砖瓦，与那绿油油的远山、清亮亮的蓝天绘出了一幅光影变幻的画卷，让人沉醉。

转个弯，石子路的下坡地方，有一间装扮颇有节庆感的店铺。据说这里一年四季都售卖圣诞装饰用品，而赶上复活节周末刚刚过去，橱窗里多了好多亮丽的兔子，和一颗颗花纹精美的彩蛋。多美好，让人一整年都沉浸在最幸福的节日气氛。几米深的小店铺似乎

不远的遇见

第一辑　讲不完的欧罗巴故事　　077

走不到尽头，被精美小巧的装饰品严严实实包裹起来，就像掉进童话世界的秘密大门，不想找到这迷宫的出口。这大概就是小城的气息，宁静的心每天都在过节。

第二天一大早，我被窗外的鸟鸣叫醒，阳光照在水面扬起一阵波光粼粼，那河对面的小教堂，刚好敲响了一天中最早的那一声钟。裹上行李中最厚的行装，我们出发前往少女峰。路边一片片绿色的田野和阳光下金黄的油菜花正召唤着春天的到来，而我却一路在期待雄伟的雪山在眼前延展开来。走着走着，窗外竟飘起豆大的雨点，天都阴沉下去。再向因特拉肯前进，那些雨滴更变成了肆意横飞的白雪。眼看五月就要到了，难道我们还能品尝到瑞士的雪花？

来到山脚下，我们要换乘火车，行驶在始建于1896年的少女峰铁路。它将盘旋而上，带我们走过一片山脊，攀升至海拔三千四百米高的少女峰顶。头顶的雪花越飘越大了，抬头望向山顶，已然白茫茫一片，连自己都瞬间变成了雪人。这时候蓝黄相间的小火车停到我们的面前，在缓缓飘落的大雪中格外亮眼，像是宫崎骏笔下的动画世界，慢动作的那一种。

海拔三千五百七十一米，这里便是少女峰标志地——斯芬克斯观景台。我们原本可以在晴朗天气中看得到壮阔的阿雷奇冰川，抚摸着脚下的冰原近距离感受阿尔卑斯山的庄严、萧瑟和无情，可窗外暴风雪不停旋转翻腾，带来了零下二十度的气温。那只不知从哪里飞来的黑色乌鸦，转个弯就消失在了眼前的一片耀眼的白色之中。

仰望天空，幸运的话偶尔会看到露出的一点儿蓝天，还隐约看得到山崖上正站着一位少女峰的探索者，饱食着凛冽的寒风。百年前，这些普通的开山人经历了一次次挫折失败，甚至奉献出生命，他们或许不曾攀上少女峰顶，或许就此长眠于冰雪之下，却为世人留下终生难忘的美景。身在其中，我很难感受人类的渺小抑或伟大。生命的意义大概就是这样，不论阴晴，总要用力攀登，而风景不仅在那顶峰，更在一路的艰辛。

旅行的时候，总是习惯寄给自己一张明信片，它有时比我先到家，也可能在几个月后才悄悄出现在桌上。在少女峰上这座欧洲最高的邮政局，我为自己写下了这样的文字："被茫茫大雪包围总有些许的遗憾，但你知道，美景永远在距离你的不远处。"

绕过来时的路，我们从反方向乘小火车下山。回头望一眼那依旧被白雪覆盖的山峰，有些不舍，希望它也为不辜负我们的一路颠簸，再送我们一程。果真穿过那一条长长的隧道，天空突然放晴，呈现一片浓郁的蓝色，那千米之外的山顶披着皑皑白雪终于露出真面目。火车上所有的人不禁一时间发出感叹，那个印象中属于瑞士的湖光山色一览无余地出现在眼前，一股暖意油然而生。

结束一天的行程，我们接过船长递上的那一杯暖暖的姜汤，回到洒满夕阳的餐厅饱餐一顿。叫上一杯莱茵河谷最爽口的雷司令白葡萄酒，把黄昏美景都揉碎在杯中这口清澈的琼浆中。船桨推着我们轻轻地离开港口，开启下一站漂泊，期待着又一路的晴雨不定。

凛冽的风，钻不进梦幻的花园。

像一场赌博,不知蓝天和雪山愿不愿赏脸。

明天或是未知，我只选择前行

　　一觉醒来，我们的船停靠在一眼望不到边的草坪边上。走到大巴那里，还需要十几分钟的路程，一路踏着无人的河边小路，看阳光照在河边的小木屋上，倒也觉得十分轻松。

　　这里，是斯特拉斯堡，位于德法交界的文化小镇。

　　作为多民族活动范围的重合地带，这里成了毫无疑问的兵家必争之地。从凯尔特、高卢、日耳曼再到法兰克等，都在斯特拉斯堡留下了各自的足迹。莱茵河的直流伊尔河穿过了这座城市，由西南流向东北，在市中心形成一座大岛，被称为"法兰西"。有了水，城就活了起来。哪怕一切都静止不动，微风都能让水中的倒影跳动起来。

　　驱车来到城中心，我们便进入了"小法兰西"这一片老城区。依河而建的高耸城堡和那一幢幢中世纪莱茵兰地区由黑白木板构架的独特小屋，倒映在静静流淌的水面，成了这里绝美的特色景致。

莱茵河给人平静的安慰,如同它波澜不惊的水面。

1988 年，联合国教科文组织将这里列为世界文化遗产，这也是首次有一个城市的整个市中心区域获此荣誉。小岛上那束紫藤花宣告了春天的到来，可还没有发芽的粗枝，就像霍格沃茨禁林附近的打人柳，攥着紧紧有力的拳头。踏在被走过磨得光亮的石板路，我甚至想要换上一身中世纪的服饰，品味一下古朴的生活。

斯特拉斯堡教堂同英国的坎特伯雷大教堂有些相像，藏在转弯后小路的尽头。砂岩红砖是它的特色，正面巨大的圆形玫瑰窗，高耸入云的哥特式尖顶，让人想起巴黎圣母院那样的恢宏。教堂的另一侧本该有着对称的尖塔，却因为当时的财力不足，只留下了一个平台，反倒让这座教堂留下了属于自己的独特身影。

来到教堂前的广场，我听到了最爱的大提琴声。乐手一直没有张开他的眼睛，坐在背对教堂的椅子上，好像同这高耸入云的背景融为了一体。这不是一首旋律舒缓悠扬的乐曲，几乎只有强硬的和弦变换着简单的节奏，让人难免跟着快节奏慌张起来，却又显得和教堂这一宁静的气氛有着扭曲的和谐感，应和着来往人们急匆匆的脚步。他的手指忘我地一刻不停，白鸽从身边飞过，钟声也和上了这一段旋律，来往的人们或匆匆，或伫立，只让这一段忘情的表演刻画出了一段独特的时光。

我喜欢教堂前的每个广场，总会有形形色色的手艺人在这儿给自己搭起了一个不起眼的舞台，却能吸引所有目光。在罗马纳沃纳广场、伦敦特拉法加广场、米兰杜莫广场、阿姆斯特丹的水坝广场，或许他在弹奏着轻快的乐曲，或许是拿起画笔在静静作画，或许是涂上一身颜料，装作铜质的雕塑，哪怕只是耍着手中的火把玩起了杂技，我都会驻足看上许久，这才是抛开那些千年不变的历史足迹之外，属于这个时代的一丝文化气息。

教堂的深处，有一座建于1838年高达十一米的天文钟。许多游人聚集在它的前面，仰视等待着它转动起来。据说每隔十五分钟，便会有儿童、青年、壮年及老年代表人生四个阶段的机械人出现，而每一整点又有死神提着板斧出来报时。说的是，每个人都有着被死神追赶的那天，世代更替，却只有这座天文钟始终屹立在这儿，给人讲述着这个道理，一天又一天，一年又一年。人们说，谁也不知道明天和意外哪个会先到来，可是大家真的都懂得该如何去做吗？

老城区里游人如织，却似乎丝毫没有打扰到当地人们的生活。他们依然牵着宠物狗，倚着路边几个世纪的砖墙晒着太阳，或是坐在街边咖啡馆，聊聊近来的家常。我们到斯特拉斯堡这天，正值法国总统大选公布结果的前几天，大街小巷贴满了候选人的拉票海报，可爱的法国人们又在这些帅气精神的海报上画上了不少花样，掉了的牙、爆炸的发型、滑稽的眼镜，走过的人们无不忍俊不禁，却又想多看两眼，不知道国家的未来将会由谁来带领。

旅行最让人无奈的，就是难免要逼迫自己走马观花，如果允许，在任何一个欧洲小镇住上十天半月，我都是乐意的。可无论去哪里，

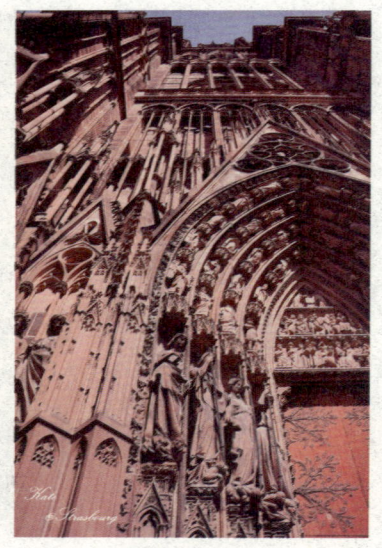

或许未曾注意的细节，会变成最深的记忆。

不远的遇见

他们的日常，我们的风景。

第一辑　讲不完的欧罗巴故事

总得要舍弃许多时间不允许你做的事情，比如花上一整个下午，就坐在咖啡馆里晒太阳，说不定还可以和当地的居民随便聊上几句他们的生活。看来世事都难两全其美，旅行途中，总是一不小心就让你明白了一些老理儿。

今天晚上，我们的船就停靠在这个港口，于是可以不用忙着欣赏窗外移动的风景，便躺在床上听着 BBC 的新闻看明天的行程。突然间，突发新闻把镜头对准了巴黎，香榭丽舍大街上刚刚发生了枪击案，有人当场身亡，造成一片混乱。全世界的目光都一时间放在了马上将要宣布大选结果的法国，放在了我们明天一早就要去的巴黎。

有些忐忑，不知道我期待了许多年的与巴黎的初次见面会是怎样的场景，怎么也不会想到，还加入了这样的戏剧化色彩。或许面对未知，也只能选择前行，否则未知将永远未知。进入一夜摇摇晃晃的梦乡，在小城的河边期待一个安稳的明天。

未来很有趣，因为它总带着未知。
但管它是不是晴天，也不在乎午间或是傍晚，先来一杯。

第一辑　讲不完的欧罗巴故事

一座城，让你看到梵高眼中的星夜

阿姆斯特丹，带着太多的符号和标志：纵横水路的"北方威尼斯"，自由热情、天性开放，集合着伦勃朗和文森特·梵高，运河上的玻璃顶游船和飞速行驶的自行车轮……

可我一切的期待都在那座梵高博物馆，它收藏了梵高黄金时期的两百多幅油画作品，还有他和哥哥往来的几百封书信。在他逝世后，是身边那么多人的努力，才得以让他的才华终于有一天被世人认可，铭记。

在人头攒动的博物馆里我们或带憧憬或随人流，我们来自世界各地，如今却都被梵高吸引而来。他的画家生涯仅短短十年，却创作出八百多幅油画和几乎同等数量的素描。如今画作散布在世界各地，每一幅都成了人们争相收藏的珍宝。

记得一集《神秘博士》的电视剧中，梵高穿越时间隧道被带到了这间博物馆，亲眼看着人们排长队只为目睹他的画作，不敢相信这成就出自自己的手。馆长当着博士的面评价起梵高，称他无愧是当今乃至历史上最伟大的一位画家。梵高激动得一言不语，转身，却泪流满面。可惜，这一切是属于我们最美好的梦想。他生命的结束是因为无人赏识而精神崩溃，可是如果他真的一生功成名就，又是否真的还会留下千古芳名和那么多传说？

我花了许多年喜欢他的画，却从没有去尝试了解他更多的故事。我翻开这一本H.安娜·苏的《梵高手稿》，一股脑儿把梵高的画作与几百封他同兄弟朋友的书信通通读了一遍。终于，有了一种和梵高直接对话的感觉，仿佛他说一句、我回一句。他的努力渗透在每一封书信中，不论是一丝不苟探索色彩调配的比例，还是坚持不懈对素描手法的讨论，认真得就像一个刚刚入门的学生，疯狂、炙热、执着。从起初几年持续不断的单色素描，到生命结束前那些最大胆的亮色运用，他从一而终地坚持自己的热爱，对绘画、对生活、对乡村、对人物、对所有一切值得珍视的感情。这甚至让他变得固执无比，摒弃学院派不变的画风，大胆地自成一派，即便一生穷困潦倒，哪怕得到无数非议。事实证明，历史最终还是选择了铭记这样特立独行的人。

我竟然希望这本书可以厚一点，再厚一点，才能让我们看到一个更完整的他。翻了三百多页，才终于见到了一整页的星夜，我最爱的那幅画。在那么多的沉淀和铺陈之后，突然让它的颜色更绚烂传奇了许多。这幅画诞生于我出生的整整一百年前，可我相信那时的天空一定和现在没有太多两样，梵高的眼睛，定是穿透了银河看

跳下河道，让自己被一切包围，那些初春的嫩叶，还有冻着鼻子的冷空气。

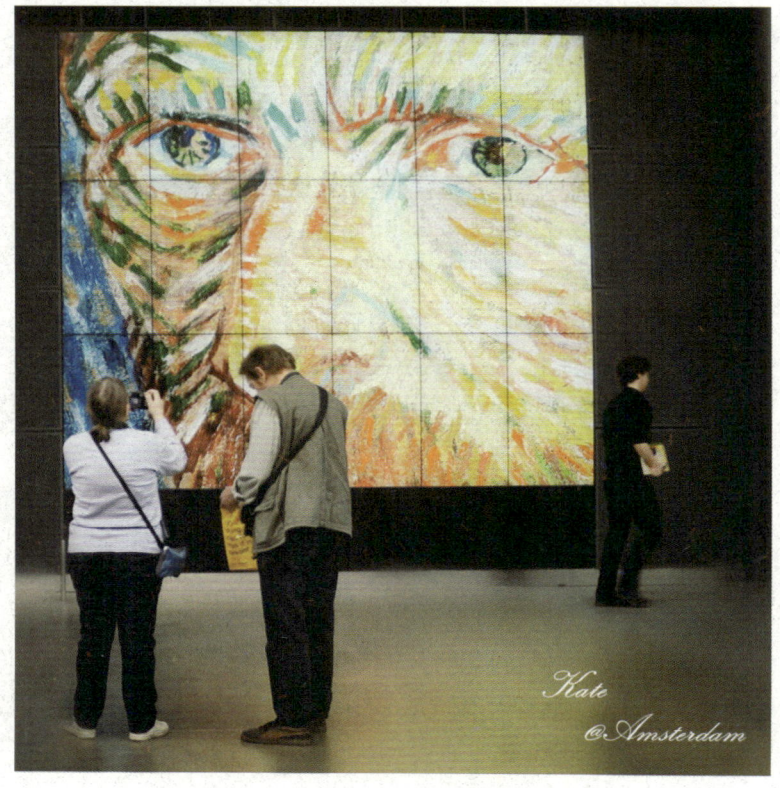

第一辑　讲不完的欧罗巴故事　　093

到了属于自己的一座星球。我尝试过许多画法来临摹它，几乎把它深深刻进脑袋里。闭上眼，硫黄色的星光和钴蓝色的天空就随着耳畔的风流动起来。

可惜无法在这座博物馆里看到心心念念的星夜，它远在纽约，却又似乎永远和他的精神捆绑在一起，无处不在。而这里的那一株向日葵，一群围在微弱灯光下吃土豆的人，还有那花开得正热闹的杏树，那间他睡过许多个日夜的屋子，让周遭的一切喧闹都安静了下来，只剩我和他的画。

2015年，是他125岁的诞辰。动画工作室波兰极越电影公司（BreakThru Films）用了梵高的方式，向梵高致敬。画师们经历了八年时间，取材于梵高的一百二十幅原作、近千封私人信件，用五万多帧梵高式的油画给了纸上的人物以生命，是我看来最伟大的动画作品。期待了两年，《至爱梵高》（Loving Vincent）的上映日期终于越来越近。

从梵高博物馆走出来，仿佛整座城市都被深深的艺术气息笼罩，让我审视它的角度似乎都变了一副模样。从博物馆到水坝广场的路上，我们穿过了一片颇有设计感的街区。一间接一间的店铺呈几条街排列过去，跨过一条又一条支流，越过一座又一座桥。橱窗里的画作、雕塑、书籍和饰品一不小心就透露出了这里的意义，它们风格各异，复古奢华或又天马行空。这儿更像一个露天的博物馆，哪怕只在窗前随意浏览一番，也觉赏心悦目。于是小小的一片街区，

花，奶酪，郁金香，橙黄色……
那些让生活灿烂起来的元素，布满着大街小巷。

他们飞驰而过，也似乎不想放慢速度，留一个幻影在你眼睛扫过的地方。
它们跑在城市的路上，似乎又好像铺就了城市的地面。

不远的遇见

我们走了好长时间。

我们慢慢靠近这座城市的心脏——水坝广场。它曾经是一座真正的大坝，是这座城市始建的地方。天上忽地一阵下起了雨，我钻进一家咖啡店点了一杯装满奶油冒着热气的热巧克力，坐在我最喜欢的角落窗边的位置，静静看着广场上发生的一切。成群的鸽子从阿姆斯特丹王宫飞到战争纪念碑，广场边上的杜莎夫人蜡像馆依然排着长长的队伍，就像十几年前第一次在电视上见到它的时候一样。而中央舞台上依然有零星的几位街头艺人在卖力表演，就像每一个典型的欧洲广场一般。

为了躲雨我莫名走进了一间广场角落里的教堂，这儿竟然就是世界新闻摄影展正在举办的地方，今年已是荷赛奖诞生的第六十个年头。张张照片记录着世上许多个震撼人心的片刻，战乱、流血、饥荒、日常……被放大成整面墙大小的新闻照片，从空间和视觉上不断敲打人的内心。可你身处阿姆斯特丹市中心这几次死而复生的新教堂，即使它已不做宗教使用，依然感受得到它带来的宁静祥和。

这种强烈的反差让人震撼，想要多了解一点，又怕了解更多。这六十年来荷赛年度照片，不正是讲出了一部真实世界的苦难史。我竟然在这里又读懂了阿姆斯特丹的一层定义，它着实包容，包容到让世上的两个极端都能和谐地在一个屋檐下共存，并把它做成自己独特的符号。

巧合的是，我们离开欧洲的这一天刚好是荷兰的国王日。太阳渐渐落下，街头巷尾已经铺满了耀眼的橙色装饰，纪念品商店最显眼的位置也摆放着各式节日盛装，这是荷兰的颜色，是最热情的颜色。和一家店铺的店主偶尔聊起两句，他说再晚一点儿，你会看到大家在中央街道的两边开始打起地铺，举起酒杯，准备迎接彻夜狂欢。是啊，他们已经开始高声歌唱，冲着我的镜头打起招呼来。他们不也正是毫不掩饰地放肆着自己的一份热爱，将这抹最亮的色彩涂在这一座城市。这一刻，似乎每个人都是艺术家。

我们就沿着河边小路一直走，穿过条条狭窄小巷，突然觉得红灯区里那些暧昧的灯光和橱窗里的女郎变成了艺术的一种特别的表现方式，带着一种直截了当的美感，甚至还有些深沉的社会意义。看过更错综的世界，似乎思想都变得清亮了许多。

渐渐地，夜幕降临，星光点点。这就是属于阿姆斯特丹的夜了吗？晚上十点钟，天终于完全黑了下去，没有吃到这城里传说可以致幻的蘑菇，我的眼前终究还是无法看到梵高笔下那星夜。但这样一座城，让你足以任意想象这星夜会出现在他的精神所到过的任何角落，大胆去猜测他的疯癫。它大概早已存在于人们深不可测的思想中，潜移默化地影响着人类和这个世界。而这世上，终究只有他一个人，才是文森特·梵高（Vincent Van Gogh）。

And when no hope was left inside, on that starry, starry night
You took your life as lovers often do

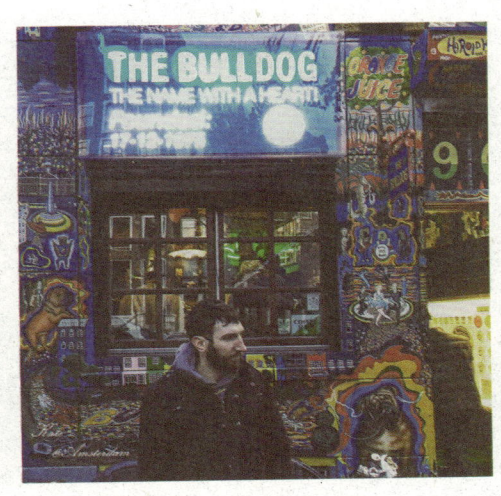

这是荷兰的颜色，是阿姆斯特丹的热闹。
我相信即便是一个普通的日子，它也会给我一样的惊喜。

But I could have told you, Vincent

This world was never meant for one

As beautiful as you.

当最后一丝希望都一去不返

在那繁星灿烂的夜晚

你愤然结束自己的生命

如热恋中盲目的人儿一般

我本该告诉你,文森特

这个世界无法接受

一个像你一样如此美好的人

第二辑

英伦情怀

原来世上还有这样不拘一格的小河,让我们还能拥有这样独特的上帝视角。原来生活还可以这样度过,只是取决于你如何待它。

莱斯特的春日

终于,春天的气息来了。经历几个月九点日出十五点日落的英国冬天,眼前总算跳跃起了鲜嫩的颜色。

气温一升到二十度,英国的年轻人们便开始换上夏装躺在草坪上享受日光浴了。尽管这时候的我还依然裹着毛衣外套,随着时不时飘来的乌云瑟瑟发抖,但我爱这冗长的春天,万物复苏的速度慢了一些,让你有足够多的时间去仔细看看那些正在努力挣脱冬日寒冷的地表、还未伸展开嫩叶的小草和那些刚刚冒出花朵的枝条。

每次排球队训练后,飞盘队的同学们总会跑来体育馆第一时间占领场地。在这之前我甚至不知道这也是一项可以组队的运动,或者,这只是一支兴趣小组?春天来到的时候,也会在维多利亚公园大片的草地上看到他们的身影,轻轻一掷,让飞盘飘飘悠悠从绿茵一头飞向另一头,倒是有了一种冬天已然过去的轻盈感。

校园门口的那块带着学校标志的指示牌旁边,有几株树冠茂密

春之于英格兰是短暂而美好的,花儿争相开放,宣告着它的到来。

不远的遇见

花园，就在每天上学走过的路上。

的樱桃树，每年春天一到花期，远远就看得到，仿佛一片巨大的粉色云朵从天而降。越来越多的莱斯特大学学子们开始举起相机在这几株树下驻足，为这些生命短暂的花儿留下最唯美的回忆照片。尽管我已经许多年没有再站到那株树下感受樱花瓣从脸颊飞过了，每一年的这时候仍然会在校友网络中见到它们的身影。

我曾经特地挑了一个春日，带着相机在小城里走了一整天，这才发现我忽视掉好多条僻静又迷人的小路，身边开着那么多我认得和不认得的花儿。每走几步路，就会看到又一个从前没有注意到的花园，红砖堆砌，绿草相映。大学路（University Road）的拐角处，有一丛茂密的月季，每一次都会让我停下脚步，只是用力闻上一闻心情都会好上几个小时。

通往市中心的老虎路（Tiger's Road）旁边是另一片空旷的草地，如果这天阳光明媚，你一定可以看到有年轻的身影在老虎队（Tiger）橄榄球场边晒太阳，踢足球。这是春天到来的一个最好的讯号。

偶尔走在从莫里森（Morrisons）超市回家的路上，还是会不小心被飘来的一团乌云浇得浑身湿透，努力拎着两兜子满满的食物跑到一株桃花树下面，淋雨的同时，也淋了一身的花瓣。一回头，天边的彩虹偷偷露出了头，让人又气又爱，好吧，原谅你了。

一转眼，这里已经有了更多被世人所知的故事，那位身世神秘的理查三世，那支已经历史性闯入欧冠八强的莱斯特足球队……可它永远还是我记忆里那座名不见经传的小城，让我每天穿梭在宿舍、校园、市中心，永远找得到一块想要随时歇脚的角落，静看云淡风轻。

我差一点儿就在忙碌的生活中忘记了自己还曾度过那么美妙的春天。

可惜北京和家乡的春日总是短暂的，还伴着刺人的春风，大概只有两个周末的时间能看到繁花盛开的景色。即便只是欣赏到大风带来的落英缤纷，也是春天到来、万物欣欣向荣的美好希望。趁着夏日匆忙的脚步还未来到，多多出门赏一赏遍野烂漫的花朵吧。

莱斯特的秋日

这是莱斯特的一个秋日。在发现理查三世的骸骨之前,这里是一座宁静的小城,坐落在英格兰正中心,每天按照自己的节奏生活,不慌不忙。一入秋,维多利亚公园里的大树开始渐渐泛黄,尼克松公寓(Nixon)宿舍门口的栗子树也开始往地下掉落果实,街边的树丛里长满了汁水饱满的黑莓,在去超市的路上,我总是会偷偷摘下几颗。它们倒是比市场上卖的好吃许多!

不同于伦敦,小城市中几点一线的生活基本都可以靠步行。去市中心的路有很多条,我喜欢选择新沃克(New Walk)。这是一条用碎石子铺就的小路,也是一条能够最先报告秋天已经到来的小路。这沿途,还藏着一座莱斯特博物馆、两座教堂、一架站在上面可以直接望到火车站的小桥,还有我所在的传媒学院。

市中心的热闹喧哗也充满生活气息。远远就听到市场上此起彼伏的叫卖声:一镑一碗的新鲜蔬菜水果。偶尔会有街头画家、杂耍艺人或是慷慨激昂演讲的人在钟塔下面吸引着路人的关注。但我最喜欢的，还是市政厅广场上的那座喷泉。有阳光的日子，这里少不了当地人的光顾，放肆地躺在一片小小的草地上，像是喧闹世界里的一片世外桃源。我有时候会静静地坐在它旁边听水声，看鸽子在脚边悠闲散步，而圣诞节到来的时候，这里会被圣诞彩灯覆盖，成为点灯仪式的中心舞台。

市中心附近还有一个高耸威严的城堡建筑，坐落在莱斯特老虎队（Tiger）橄榄球场附近。初次见它，便觉像是中世纪权力的象征，许多天之后才知道，那里原来是莱斯特的监狱。可每次经过它的时候，依然难免想要多看上几眼，尤其是在秋天，它披上一身五颜六色新装的时候：深绿的秋叶，鲜红的藤蔓，泛黄的城墙，配上湛蓝的天空，你不会觉得冰冷和强硬，反而感到一丝踏实。

一年之后我搬离了学校的宿舍，住进核桃街公寓（Western Challenge）。同样是一个秋天的午后，一个人带着相机出门闲游，这才偶然发现了住处附近藏匿的那一条幽静的小河。顺着河沿走，越来越多天鹅野鸭朝你游过来，老人们三三两两在喂着鸽子，仿佛一艘艘舰艇从水面划过，喊着整齐的口号，那么宁静，又那么热闹。

我就这样跟着天鹅们的脚步，一直走到了索尔河边的城堡花园（Castle Garden）。小山坡上是公元10世纪的建筑，脚下铺满了秋日的落叶和厚厚的苔藓，小路都变得柔软起来。公园的入口处伫立着一座理查三世的雕塑，那个时候他的骸骨还躺在破败的停车场地下没被世人发现，他也还没有成为莱斯特的标志。如今，听说连这

Kate
@Leicester

不远的遇见

对莱斯特最初和最终的记忆,都在这一地的金黄里,这最美的季节中。

第二辑　英伦情怀

雕塑也被移去了别处珍藏。花园中藏着几棵树，叶子已经完全黄透，在树的脚边铺成了一张金色的地毯。我索性就坐在了地上，对走来走去的人们微笑，偷听他们遇到的各种琐事。

"多情自古伤离别，更那堪，冷落清秋节！"

与莱斯特的初次见面与最后道别，都是在这样的秋天。那之后每个入秋的凉风与飘落的黄叶，总会让我想起在那里惬意的秋日午后。

一把大火，迎接冬天

每年的 11 月 5 日，英国各地都会用一把大火来迎接冬日，还把这一天取名叫篝火节（Bonfire Festival）。莱斯特的小博物馆早早就卖起了这一天的票，我本是单纯地被冬天里的烟火所吸引，不料它背后竟还有一个深远的故事。

篝火节缘自 1605 年的 11 月 5 日，一位名叫盖伊·福克斯（Guy Fawkes）的教徒因不满当时的英国迫害并限制宗教自由而起义。他在国会地窖放置了两吨的火药，计划在国会大厦落成的这一天，将所有国会议员以及当时的英国国王詹姆斯一世一同送入火场。这便是著名的"火药阴谋"。然而阴谋很快流产，福克斯也因此被处以死刑。此后每年的 11 月 5 日，英国人会用干稻草、旧报纸等做成一尊巨大的福克斯假人，点起熊熊篝火，燃放绚丽烟花，庆祝当年的阴谋被粉碎。后来以这个故事为蓝本的电影《V 字仇杀队》，也成了经典。

进入 11 月份，英国的天气瞬间冷了下来。篝火节的这天晚

入冬以来最寒冷的夜晚，都被这熊熊火焰和火树银花照亮。

不远的遇见

上，裹上厚厚的秋装涌进市中心的人流，很容易就找到了艾比公园（Abbey Park）。脚下的枯树叶已经一层叠着一层，被冷冷的雨水拍打过，走上去软绵绵的。偌大的花园里已经被彩灯装点了起来，各式各样儿童游乐设施被孩子们占领，叫着笑着，在亮黄色的灯光里游玩，让冰冷的公园都多了些许热闹的气氛。草坪上的人群越集越多，似乎整个莱斯特的人们都出了家门来凑热闹。空旷草坪上早已搭好了演出的舞台，快节奏的音乐响彻整个公园。

人们互相簇拥着，穿着臃肿的棉服，却依然裹不住跳动的细胞，跟着音乐节拍扭动起来。一个小女孩举着手里的荧光棒，好像自己就处在所有的聚光灯之下，用尽全身力气在冷空气里欢呼雀跃。我们反倒羞怯好多，站在一旁认真看着她在舞蹈。这节日的由来带着浓浓的宗教气息，如今却变成了一家人带着孩子们尽情享受生命中快乐时光的好"借口"。

靠着一杯热巧克力的温度在冷风中一直瑟瑟发抖的我们，终于等到了点火的时刻，挤到人群的最前面，希望篝火的温度能够传递一些热量到自己身上。一声令下，那堆一层楼高的木头终于燃起了点点火星。瞬间，一大团火焰燃烧起来，呼呼的声音卷着飞舞的火星升向空中，盖伊·福克斯的人影也在火影里忽隐忽现，浓浓的烟盘旋上升，好像是那些罪恶的灵魂受到了人们的驱逐。我突然发现，只有真正看着这一堆火光在眼前呼啸的时候，才好似读懂了历史值得被铭记的原因。那份震撼，也让自己莫名中更加珍惜异国他乡每一个安稳的日子。

在主持人的倒数声中，第一缕烟火腾空绽放，点亮寂静的夜空。在熊熊燃烧的火堆旁边，人们或静静地望着天空，或兴奋地又跳又笑。尽管天气冷到透心凉，周围陌生的笑脸依然洋溢着温暖。

寒冷的冬天，就由这团暖烘烘的火焰来开启。

达西先生，你好

穿梭在英国的小城之间，我总是喜欢选择火车，红红的座椅被阳光照亮，让人觉得整个旅途都变得惬意。而阴雨连绵的时候，又让你觉得避开了一切阴霾，依然满心暖暖地出发。

不论早班或晚班的火车，我总是带上一只乐购（Tesco）的三明治上路。我喜欢嫩虾仁儿被厚厚的蛋黄酱包裹起来，或是想犒劳一下自己的时候，来一整套英式鸡蛋培根火腿夹在全麦面包片里面。春夏秋冬，它们永远躺在冰柜里，而你也找不到任何加热设施。庆幸的是在圣诞节的时候，我可以配上一杯温热的蛋酒拿铁，那是我唯一喜欢的一款咖啡。看着窗外薄雾轻轻浮在田野上面，咬上一口馅料满溢的三明治，旅程就这样开始了。

从我在的小城市坐火车北上到谢菲尔德，再换乘约半小时的双层绿色巴士，我和小伙伴选择在 2012 年 12 月 21 日"世界末日"这一天来到了达西庄园（Chatsworth House），这是一个笼罩着贵族气质的标志性庄园建筑。这里是电影《傲慢与偏见》的拍摄地，

即便这一天真的是世界末日，他们的爱情或许也不曾留下遗憾。

是达西的家，人们不远万里跑来，希望找到故事中那让人难忘的男主角的影子。

阴冷的天气给庄园罩上了一层浓雾，远处大片的山坡草地在雾中一层一层抹着不同深浅的颜色，粗壮的树干长满绿色的青苔，连站立了不知多久的石像也显得孤寂不堪。这天真是像极了世界末日，让你不断担心下一秒会发生什么，就连前来开门的那平日里会给我无限安全感的英式管家，也没有办法帮忙消除谣言带来的未知恐惧。

穿过花园和门堂，我们疾走两步，走进庄园的屋内取暖。刚刚进门，难以掩饰的圣诞气氛已然扑面而来，金色红色的圆球，绿松枝配着红丝绒蝴蝶结，高大的圣诞树挂满各式吊饰，把原本已充满复古情调又富丽堂皇的庭室装点得更是温馨华丽。两层楼的大厅中间一条宽敞的楼梯直通楼上一间画室，精致盘旋的楼梯扶手都让我为之驻足好久，那空气中特殊的味道似乎都和简·奥斯汀的呼吸相通。

往里面走，是一间满是大理石雕塑的房间，冰冷的石像被蓝调灯光映射后显得更加生硬。可我们转头一看，进门的旁边有一棵彩色的圣诞树。走近它才发现是上面挂满了彩色的便条纸。游客们在纸上写下了自己的圣诞愿望，堆成了这间屋子里最亮丽又温暖的角落。一位女儿由母亲领着在留言台认认真真写下了今年的愿望，让妈妈把它挂到更高的树尖儿上。那一刻我好像已经忘记了外面有多么阴冷，也忘了"世界末日"这无稽的传说。刚刚的一个上午都在

时光穿梭千年，总要留下痕迹，这暖色金光的闪耀，更放大了它的美。

遗憾这样的一天却不能和自己的家人在一起，现在却突然明白了：不论你走了多远，眼前的小幸福和小温暖才是迎接每一个崭新一天的动力。

达西庄园里已经没有了达西，贵族的一切气质还留在这里，却再也见不到他们的身影。我深深呼吸，想要把更多的空气融入自己的身体，尝试感受不同生活的荣耀与艰辛，感叹时光的公平与残忍。再推开门，天依然阴冷，脚下的花园依然布满泥泞，我们走进树篱围成的迷宫，不再去想明天何去何从。

于是在这样一个特殊的日子，一间豪华的贵族英式庄园里，我们就坐在倒了不知多久的大树干上面，大口吃起了再简单不过的三明治。一切都像爱丽丝梦游仙境，只是缺了一只柴郡猫和一壶热热的红茶。

不论这一天的世界怎样，只要你手中还握着一半够你回味一下午的三明治，请好好享用它。

穿越时光到巴斯

我就在街上,遇到了简·奥斯汀。

在英国,我最爱它不论时光怎么流逝,历史沉淀的痕迹永远停留在每条街每块砖上。小城巴斯更是这样的地方。

巴斯这座城市本是由古罗马占领,他们不仅在这座小城市留下了一座座精美的古罗马建筑,还建立了这里最为人所知的罗马浴池。罗马人把浴池当作社会生活中重要的场所,大家在这里沟通生意、高谈阔论。或许正因为如此,整座城市都有着水一样的晶莹与温柔,也夹杂着古罗马中世纪时期的典雅与精致。巴斯教堂是这座小城的标志性建筑,门口的左右手边,分别看得到几只天使在努力向上攀登通往天堂的石阶,这还是我见过最特别的教堂装饰。内堂高耸的大理石柱直通天际,拼成独特的扇形天花板,满满的彩色玻璃讲述着各式的圣经故事。

教堂门口的小广场上,是街头艺人们的天堂。三三两两在玩着自己的杂技。一走进广场,我们便注意到一位刚刚起摊儿的老爷爷。本想凑凑热闹就继续赶路,但却不知不觉被他的表演吸引住,忘了时间。他一边手里玩着火把,一边讲着脱口秀一般的笑话,围观的人越来越多,无一不聚精会神跟着他的节奏一会儿大笑,一会儿惊呼。我们一直认真看到表演结束,被老爷爷的乐天精神所感动,送给他两镑硬币,小广场又恢复了半小时之前的人流如织。

普尔特尼桥(Pulteney)距离小城中心不远,远远就可以听得到潺潺水声,不同于静静流淌的小河,这里的河水被迫流过层层台阶,水花排成三个半环形,给本来无比宁静的小城增添了一份生机。如今它也是著名的旅游景点,就连悲惨世界中的反派贾维(Javert)在电影中也是跳下了这座桥,终结了自己的生命。

巴斯这座城市的著名,还因为简·奥斯汀曾在这里居住。尽管奥斯汀在这座城市的生活记忆并不愉快,让她只想早早离开,这却使得她的作品更加反射当时社会的缩影。她曾居住过五年的小屋,现在成了简·奥斯汀中心,一切和二百年前的布置和装潢一样,你仿佛还看得到她拿着羽毛笔在伏案写作。每年,巴斯小城会举办一次奥斯汀节。人们穿着奥斯汀时期的服装,让整座城市一起经过时间隧道回到二百年前。我来到巴斯的这天,已经是节日的最后一天。在我们踏上返程的时候,两个衣着中世纪英式服装的背影默默走向远方,这一刻的时空对比让人觉得无比真切,历史与现实就交织在你的眼前,让人不知今夕是何年。

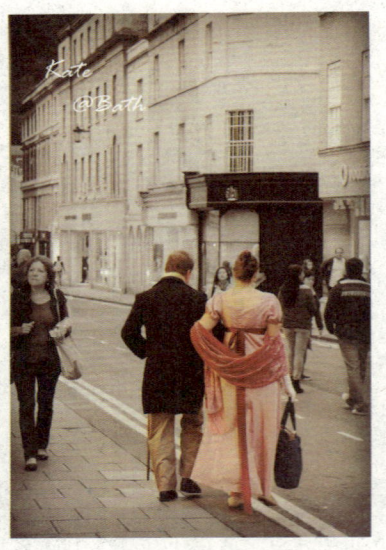

过去与当下竟在眼前交错起来，亦幻亦真。
多年之后，文字代替她留在了世上，鲜活得同从前一样。

不远的遇见

哪里都可以是你的舞台，我们乐意做个认真的观众。

在简·奥斯汀纪念馆，我得来了一套心仪已久的花式钢笔。一排简单的钢笔尖，刻进一根笔直的橡木笔杆中间，就仿佛赋予了它奇妙的力量。我从来不舍得用它来写字，恐怕只能将这份感觉好好收藏起来了。我猜它们甚至会在纸上摩擦发出咔呲咔呲的声音，把墨水都弄得四处飞溅，然后在纸上阴掉一片，把你当时的懊恼情绪都留在了那儿。但这些弯弯的笔尖沾着还带有泥土气味一般的墨水，又经过你的手，就仿佛有了那股神奇的魔力。

我总在想，简·奥斯汀的笔尖一定赶不上她的思绪跑得飞快，她的墨汁或许也总是滴到她不希望它跑去的地方。但她有大把的时间，望着广阔的英格兰田野，或许像会电影里面演的一样，任由时光飞逝，任由笔头飞转，也或许是在父母催婚的逼迫声中，无奈地发泄着自己的苦闷。谁知道呢？一个人写下的字，大概还能透露出更多时光的秘密。

在皇家新月楼门前的大草坪上，我们坐着发呆到了天黑，又跑去巴斯最古老的莎莉伦之家（Sally Lunn House）品尝了享誉几百年盛名的面包。你总以为时空穿越是件特别狗血的偶像剧情节，可它竟然真的可以实现。人们惬意地享受着那些厚重的文化所留下的宝藏，才让如今的每一步都走得十分踏实。

不用太久，只要短短一个白天，它让你相信这是天使庇护的城市。

我想要一杯圣诞蛋酒拿铁

星巴克的杯子又变成了暖暖的红色，每到年底我总会怀念起英国圣诞时节才有的蛋酒拿铁（Eggnog Latte）。第一次听说蛋酒，不由得感觉会有一股蛋腥味儿扑来。生的鸡蛋搅碎，和着朗姆、牛奶和威士忌调出的饮品，不知会形成怎样的口感。然而加上厚厚的奶油和肉桂粉，它成了带有浓浓圣诞气息的标志性饮品。蛋清打起来的浓密泡沫在嘴里的那般丝滑感受，加上酒精温热的作用，让这一杯混搭的精灵成了我在寒冷的冬天最想念的饮料。

每当蛋酒拿铁开始出现在咖啡馆里，就证明圣诞的脚步已经越来越近了。如果还有另一件事也能够让你期待起即将到来的节日，那就是每年11月份的圣诞点灯仪式了。

在英国，每个城市都会提前两个月就为圣诞的到来早早做起准备。市中心的大街小巷都被各式彩灯和圣诞饰品装点起来，等到这月中旬的某天，大家结伴来到位于莱斯特中心的市政大楼门前。平时这片安静的广场只有沉思的人和觅食的鸽子会光顾，悠悠地在喷

Kate
@Leicester

这是圣诞才有的热闹集市,摆满新鲜的时令货品和食物。

泉边散步，而这一天，它已经被满满的圣诞彩灯铺满，被重金属音乐舞台占领，被热闹的人群所充斥。天色在下午四点钟渐渐暗了下来，大家早早聚集到这里，盼着能在第一时间见证圣诞灯饰亮起的那一刻。在一阵焦躁的等待之后，市长先生出现在舞台上向大家问好，在他的带领下，大家终于开始了点灯仪式的倒数：五，四，三，二，一！

一瞬间还来不及适应这满眼的彩灯，到处都闪着暖暖的光，大家欢呼，拥抱，互道"圣诞快乐（Merry Christmas！）"，大家像孩子一样，睁大眼睛迎接着突然闪亮的周围，咧着嘴像孩子一样傻笑。前方的舞台上开始响起摇滚版的圣诞颂歌，整个广场的人开始了大合唱。夜晚带来了冷空气，可心里却瞬时觉得暖烘烘的。

天空突然洒下大片大片的雪花，小孩子们努力伸手接住雪花，兴奋地向身边的人们炫耀着。虽然它们只是泡沫造出的雪花样子，但就像你想象中的每一个圣诞节一样，红衣服白胡子的圣诞老人在空中带着礼物穿行，在明亮温暖的灯光下大家围着桌子喝着蛋酒吃着烤鸡，一定要有雪花才可以真正成就一个白色圣诞节。

欢庆的队伍一直延伸到市中心的露天集市（Open Market），这里平日是我们常常会光顾的菜市场，一英镑一大碗的新鲜蔬菜和水果，在这里应有尽有。此刻少了许多此起彼伏的叫卖声，但眼前就是琳琅满目的圣诞市集：自制的新鲜果酱，口味迥异的巧克力，手工制作的姜饼装饰品，刚刚打下来的野鸭子，还有现场烤制的大香肠汉堡……大概是被身边如此幸福的气氛所感染，本来只想用食物的热量暖和一下身体，却意外地吃到了最美味的一个汉堡：一大片多汁的牛肉加上两根脆皮德国香肠，夹满烤软的洋葱，再淋上满满的黑椒汁。没想到圣诞节的开始是如此饱满而又充实。

整个城市的彩灯已经亮起，回家的路上多了热闹的陪伴。从这一天开始，我们正式进入了圣诞节倒计时，商场里、街道上到处是高大的圣诞树和包装好的礼物盒子，耳朵里塞满了欢快的节奏，餐桌上也多了蛋酒、热红酒和圣诞布丁。

而我，也多了好多温暖的故事可以说。

下回，我只想再回莱斯特看场球

说起来，我已经当了十五年的老球迷。在那之前，爸妈为了1998年世界杯，特地把家里的电视换了更大的型号。想必是受到他们许多的影响，从小就被那一片绿茵场吸引，成了一个确确实实的铁杆德国球迷。

到英国之后，我才开始逐渐了解英国足球，这才发现它每年的联赛冠军各不相同，比我钟爱的德甲多了更多不确定性和观赏性。那时候，我到名不见经传的莱斯特城读书，莱斯特狐狸队还只徘徊在乙级联赛，莱斯特的那支橄榄球老虎队和篮球队倒是早早拿到了英国冠军，每个主场比赛总是会迎来全城人的倾巢出动。老虎队那红绿相间的衣服在市中心也总是卖得抢手，比赛日里，球迷们会整齐地穿上队服，在球场里发出震耳欲聋的欢呼加油声，远在几公里外都听得到。如今，升班马莱斯特城竟然创造神话夺得了英超冠军，俨然成了全世界关注的焦点，我竟感觉似乎不舍得让它被这么多人发现。

在英国想要看一场球赛，普通球迷很少有机会能够直接买得到票。如果是资深球迷，可以买一张俱乐部的会员卡，这样一整年的比赛，都会为你留好了位置。不过这样倒出来二手票的机会也多了不少，虽然我们去买会花上更高的价钱，但却可以收获极为珍贵的足球享受。难得抢到曼联主场对阵勒沃库森的欧冠小组赛，为了它，我们早早订好了往返曼彻斯特的火车票和留宿一晚的宾馆。看一场其他城市比赛的成本的确要比球票本身高上许多。走去球场的沿路，摆满了各式小摊，你可以在这里用低价买到球衣、围巾、徽章等等和主场队员相关的周边产品，当然如果想要买到正品，就一定要去官方球迷商店才可以。

当你身在几万名观众之中，你时刻都能感受到这山呼海啸的声音被球场上的变化所牵动，时而发出轰鸣，时而发出欢呼，又时而集体鼓起掌来，这真是一种强大的环绕立体声音响都无法做到的效果。中场休息的时候一定要挤去小窗口排个长长的队，买到球场里的啤酒加热狗。下半场开始，你就会明显感觉到身边的人们放肆了许多，脸也红了起来，一杯啤酒下肚之后，也就把你和整个球场都融为一体。那场比赛，鲁尼和范佩西带领曼联在主场以 4:1 狂胜了勒沃库森，主场一波又一波的欢庆和整齐划一的口号声仿佛要撕破了天空，这座球场外的世界都被屏蔽掉了。于是在散场时候大家一起慢慢走下一层层的台阶，嘴里还忍不住齐声唱着"Glory Glory Man United（曼彻斯特连，光荣属于曼联）"的队歌，出了球场，看周围商铺的灯光慢慢暗了下来，心情也慢慢平复下来，大家静静走在回家的路上，完全看不出刚刚进行了那么激烈的九十分钟比赛。

不远的遇见

离开英国的前一周，我来到了伦敦，专门为了看这场阿森纳对切尔西的英冠比赛。这一次是在北伦敦的酋长球场，阿森纳的主场。十月的气温已经足以把人冻得哆哆嗦嗦，然而我们依然早早就来到了球场，站在第一层看台的位置，倒是特别方便我们在比赛开始之前和吉祥物互动。远远的地方可以看得到厄齐尔、吉鲁和拉姆塞已经在热身。可这场比赛不是一场重要对决，两队都踢得不温不火。裁判吹响终场哨声的时候，比分定格在 0:2，阿森纳主场输了。我和朋友两个人站在座位那儿，一直舍不得转头走出去，就这么静静看着人流慢慢撤退，不由感慨起来，这就是我们在英国看的最后一场比赛了。突然，我们默契地一低头，眼泪也开始止不住地流出来。往外走的球迷们看到我们都投来怜惜的目光，他们一定觉得是输了这场比赛才让我们这么难过。而我们知道，从这里回去，就算正式告别了自己的一段人生经历，一段你尝过它那么坚硬那么酸涩的青春，却让你在以后的所有日子里都难以忘怀。

当你看着球场上一些年轻的脸庞渐渐成熟，一些熟悉的面孔渐渐离去，好像你的青春也跟着走远了。这么一群人，好像他们离你很遥远，却又让你在回想起他们在球场上的日子，还能够体会得到过往一起经历过的激情、喜悦、失落甚至悲伤，都带着曾经的、自己的影子。

每年数着算"今年是欧洲杯还是世界杯？"的日子还在继续，可爬起来看比赛的场数却是越来越少了，已经难以承受每天凌晨三点的闹钟把自己叫醒、天亮之后再睡个回笼觉。还会很怀念在高中时候每个周末扔掉作业期待德甲的日子，大学之前的那个欧洲杯自己每天收集报纸做简报的热情，本科毕业那天在德国大使馆见证德国被意大利淘汰的伤心，还有在英国的小酒馆里看拜仁捧起欧冠奖杯时候自己泣不成声，酒吧老板看着我莫名其妙的眼神……

如果还有机会回到英国，回到莱斯特，我一定要再看一场狐狸队的主场比赛。

你还记得莱村菜市场的叫卖声么？

在莱斯特，一个人被论文折磨得苦闷的时候，我喜欢翻看各种美食菜谱，幻想着一会儿就可以去市中心的菜市买上一堆好吃的东西来犒劳自己，瞬间，比翻起一本本厚重的原版书都更来劲儿了不少。

英伦岛上这刮风下雨的天气已经让我习以为常了，即便举着把伞，我也常常一个人徒步走上半个小时，踏着大学路，再穿过新沃克（New Walk）来到市中心的露天菜市场，搜罗一下今天有什么样的新鲜蔬果。这座市场只是由一些木棚支撑，每天清晨，蔬果农们会驾车来到这里，把当天最新鲜的蔬果码放到固定的木制摊位上，在日落之后又将剩下的作物带走，夜晚一切又恢复平静。也就是在这座小市场里，你能轻易地看出莱斯特这座小城的民族多元化是多么丰富多彩。

走到市中心，远远就听到商贩的叫卖声，这是菜市场最美妙的声音之一。"One Pound a Bowl！"大概是英国的菜市场里最常听到的吆喝声，他们或许是为了方便计算，所以用"一镑一碗"的售

第二辑　英伦情怀　　137

这是最贴近生活的去处,所以平凡又深刻。

卖方式省掉了一些算数花费掉的时间。不要小看这一块钱一大碗的蔬果，它们并不只是那些常见又便宜的马铃薯和西红柿，每个季节，市场上都会出现各类时令蔬果，比如那三只比手掌还大的青芒，六个熟透的牛油果，满满一盆颗颗饱满的蓝莓和车厘子，都是我不远千里走到菜市场的动力。

除了它平日里扮演的角色，这座菜市场还总是在节日里换装成城里人们最爱的集市。夏日庆典上，你可以喝到新鲜调制的莫吉托（Mojito）鸡尾酒，或是买一罐不远处的蜂农刚刚收获的蜂蜜，甚至是才猎到的野鸭子；每一年的全球美食节，你又能在这儿尝到西班牙海鲜饭、印度的咖喱饺、德国的香肠汉堡，这香气笼罩整个市中心，让人们在热气腾腾中准备迎接冬日的到来；而在圣诞来临的时刻，这里又被浓浓的节日气氛感染，充满肉桂香的热红酒和才出锅的姜饼，是暖和身体最好的食物。

莱斯特城不算大，我平日的活动范围多半只在学校、宿舍和市中心三点一线。那一年多的时间里，我几乎没有乘坐过市内的公交车和的士，却总是喜欢选择步行，尽管这里的地面总是布满砾石，竟然还磨坏了两双新买的鞋子。我喜欢一路看着身边行色匆匆的人们，看今天的教堂里有没有唱诗班，看路边的树莓是不是已经成熟，看树上那片叶子是不是开始泛黄，看上次在转角遇见的小狐狸，今天还会不会在。

出国之前有人告诫我说，一年的研究生太短暂，如果想要真的

不远的遇见

感受到、学习到更多，还是要去伦敦上学。可我现在依然很庆幸自己当时的选择，让我爱上这座曾经还不为那么多人所知的莱斯特城，我一直享受它的淳朴和安宁，也让我学会了很多独处之道。

回国告别了学生身份之后，不再有大把的时间来让自己在美食中挥霍，早已没有了那时候的闲情逸致，也不会再拿出整个下午的时间来研究如何烤制一盘松脆的饼干。我还时常会想起在市场里不论冬夏都辛勤吆喝的蔬果农们，甚至还有帮我宰鱼的那位师傅用纸张包裹鱼身时候熟练的手法。在我离开的那年秋天，就传言政府要出资翻修这座露天市场，不知道它现在是不是还保留着多年前的原样。但我知道，那熟悉的叫卖声，一定还在那儿。

醒醒，这里不是普罗旺斯

橱柜里那两包心形的薰衣草香料，带回家已经有三年的时间了，可它们还是散发着幽幽的暗香，让人每次闻到它的味道，便会把记忆又带回到那片薰衣草田。

薰衣草的名字总是和普罗旺斯紧密连接，想象着南欧炽烈的阳光照在一眼望不到边、一垄一垄的薰衣草田上，习习海风再把这股神秘的香味从普罗旺斯带到地中海上。空气中自然清新的味道让人们无限向往，那种只有欧洲才有的慵懒和闲适。

而薰衣草似乎已经不再是普罗旺斯的专利，即使是温带海洋性气候的大不列颠，也有这样难得一见的花海。在英国似乎很少经历汗流浃背的夏天，可是这一天的气温却飙升起来。我们专程搭火车、辗转几次交通工具终于来到这片田间——伦敦附近的五月田（Mayfield）薰衣草庄园。

从公车上刚刚下来，空气中满满的薰衣草香味便迎面扑来。从

幽幽的紫色香气跟着你直到梦里，而谁说眼前的一切就不是梦境呢？

第二辑　英伦情怀

前面的树丛一转过弯，大片大片蔓延至山坡顶上的紫色花海便露出了头，大家不禁发出由心的赞叹。想必英国的薰衣草总是会比欧洲大陆来得更晚一些吧，进入六月，薰衣草开始努力吸收炙热的夏日阳光，到七八月逐渐转变成迷人的深紫色，将整个山坡都铺上美丽的紫色地毯。花间走上几趟，它们便在你的衣角上留下一丝冷香，忧郁却又不幽怨，独特却又不张扬。

我从前总是害怕尝试薰衣草口味的各种食物，似乎吃下去一口就有昏昏欲睡的效果。如果睡前来上一杯薰衣草奶茶，估计做出的梦都带着甜甜的味道。但是来到了薰衣草庄园，小朋友们排着队等待的那一只薰衣草冰淇淋让大家都无法拒绝。一口将淡紫色、冰冰凉凉的薰衣草奶油冰淇淋吃到嘴里，这下子，身体由内到外都被这股神秘的花香所占领，呼吸也跟着轻快了许多。如果想在这里来一顿惬意的下午茶，可以再来一份薰衣草司康面包，一份薰衣草纸杯蛋糕，或是一个薰衣草马卡龙，这份唇齿留香，一定是独一无二的享受。

周末，不论老人或是孩子都喜欢来到这片庄园，在田间自由奔跑，或只是坐在树荫下面静静欣赏这惬意的自然风景。花丛间一位爸爸抱着自己的宝宝，在追逐空气中被阳光照耀得散发着七彩光芒的泡泡，笑容那么纯真无邪。我们就在一边做着旁观者，都跟他一起笑个不停。

二十五英亩的大片薰衣草丛中，只有一棵茂密的大树，为前来

深深呼吸，和忙碌的蜜蜂一起，和广阔的蓝天一起。

的游客带来一处难得的阴凉。于是大家从各处赶来，都坐在这树荫下面深深呼吸着薰衣草的香气。一位画家席地而坐，打开画布和笔袋，开始了他的创作。同行的姑娘们穿着飘逸的裙子，在紫色花海中扮演着花仙子的角色。在空气中到处漂浮的彩色泡泡，被这神秘的紫色渲染得更是好似童话。

过了会儿，那位气宇非凡的画家举起了他的画给我们看，对着我的朋友说："你看，我把你也放进了我的画里。"真的，彩色铅笔的质地把这片薰衣草花海描绘得恰到好处，一袭翩翩长裙的姑娘仰望着这片深紫色的大地，任清风吹起自己的裙摆。花香仿佛透过纸张，也把这一瞬间定格成了永恒。

你站在桥上看风景，
看风景的人在楼上看你。
明月装饰了你的窗子，
你装饰了别人的梦。

——卞之琳《断章》

一不小心拥有的上帝视角

斗胆一个人跑去了威尔士的寄宿家庭（Host Family）过了个周末。在提交申请的时候，一直有种买彩票的感觉，不知道会被分配到怎样的英国人家去。之前参与过这样周末活动的朋友说，你很可能会遇见乡村里的爷爷奶奶，他们会带你去农场里喂喂奶牛，摘摘果子。我想象了一下英国老年人脸上慈祥的笑脸和他们身上雪花膏一样的味道，不禁摇了摇头。

在见面之前，我和女主人互发了几封邮件，简单介绍了自己的情况，却依然对真实的对方充满好奇。没想到来火车站接我的主人公竟然是如此优雅亲切又年轻的女士。塞莉（Ceri）独自一个人带着两个青春期的孩子长大，本以为她是位全职家庭主妇，后来聊天才得知，她喜欢把空闲的时间全部填满，不仅是个跑遍全国全世界工作的女强人，还热衷于在周末参与各种环保活动。这样有精力有能力的女主人，突然让我对接下来的两天充满了期待。

威尔士与英格兰紧紧相连，但在车上，女主人便讲到，只要进

威尔士用它的方式默默存在，一盏烛光、一段音乐、一条小路，或是山顶那一只休息着的羊。

不远的遇见

了威尔士的地界，你会看到地上的标语指示，全都变成了与英语几乎毫不相干的威尔士语。她的家人也不例外，讲话带着浓重的威尔士口音，她对我说，明天去她妈妈家吃英式早餐的时候，可以好好体验一番。

我住在位于东北威尔士的雷克萨姆这座小城市，从地图上看，它被满眼的绿色紧紧包围着。一打开家门，塞莉的大女儿和她的男朋友便走到门口来迎接我，带我去那间留给我的地中海式温馨的小卧室。女儿只有十五岁，正在计划要读哪一所高中，但女主人满心欣慰地告诉我说，她的成绩特别好，希望她能为自己选择一个喜欢的学校。而她和自己的男朋友在一起已经有两年的时间，彼此陪伴、互相成长，她为这一切都感到骄傲。主人的小侄女在一旁，紧紧抱着她的玩具，瞪着滴溜溜圆的眼睛，好奇地看着我。她的牙还没长齐，嘴里还操着一口浓重的威尔士口音。但她很喜欢和我讲话，稚嫩的童音让我的眼睛都舍不得离开她的脸。我就这样一直任她一路紧紧抓着我的一根手指头，一起去逛切斯特的街。

在短短的两天时间里，塞莉带我去看了城里著名的罗马遗迹和历史感浓厚的博物馆，感受着古老文明的沉淀；在深山的松树林中，听到了传统的威尔士音乐，被百年前逃到这里的一对女同性恋所打造的精致黑色小屋所震撼；去女主人的妈妈家里品尝到最亲切的来自家人的英式早餐，分量多到让人满足；跟她的两个孩子去电影院看了单向乐队（One Direction）的纪录电影，第一次真正认识了这个火遍全球的组合；去到切斯特的老街看现代生活与古老的房屋建筑交相呼应；又爬到威尔士的山顶，看羊群悠闲散步，体会风雨无阻的摩托车队在这广阔天地间驰骋；在几层楼高的木质水磨坊改造的餐厅里，被一份约克布丁和整整半只烤鸡填饱肚子；还在最后一天晚上吃到她亲自为我做的、传说中那份没有鱼头的"仰望星空"，我这才发现夹满鳕鱼和三文鱼肉的土豆泥原来并不是黑暗料理，反而让人尝过就口齿留香、难以忘记。

旅程中，让我最难忘的景色是那座高耸入云的铁桥。站在上面一眼望不到尽头，满是绿色的田野和农庄在脚下蔓延，一条溪流从桥下缓缓流过，发出潺潺的水声。令人惊奇的是，这座宽度几乎只有一条马路的桥上，竟然有一条河道，能够送一艘船笔直地通过桥梁，而左侧的人行道也几乎只能让两个人侧过身小心翼翼地通过，一不小心几乎就要落入这条河道。而另一侧，便是几十米的落差，垂直在那条溪流之上。这河道连接着威尔士的两座小山峰，让船只能够穿行自如，又在它悠悠行进的过程中，给你好像飞在空中一般奇妙的视野。

原来世上还有这样不拘一格的小河，让我们还能拥有这样独特的上帝视角。原来生活还可以这样度过，只是取决于你如何待它。

有人说，旅行就是离开自己熟悉的地方，然后不一样地归来。这样享受在路上的时刻，如今想来，并不那么容易遇得上。可能很多时间，你只是独自一人上路，在大大小小的车站辗转，不知道在目的地会遇到什么样的人和故事。在威尔士短短的两天，这里绵延

第二辑 英伦情怀 151

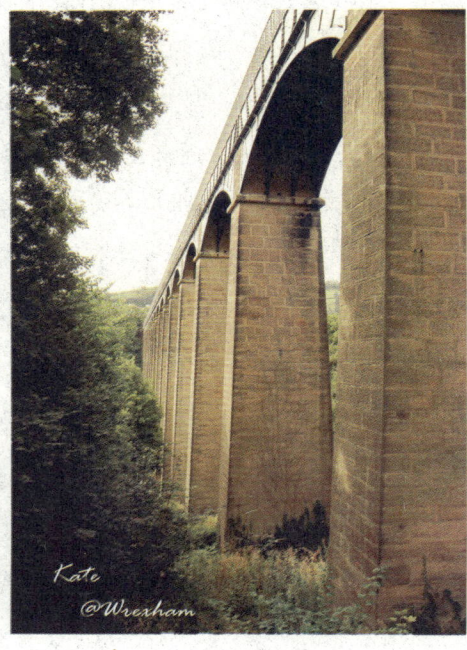

的山峰，脚下的溪水，都让我深切感受到轻松自由的气息。他们和家人像朋友一样的相处方式，给彼此恰当的空间，也不忘记将自己的生活活出生动的色彩。

一直很爱英国的气质，像是对于生活没有争抢，享受悠闲。听着古典音乐，喝着下午茶，晒一晒一年里难得的阳光，也喜欢在阴郁的天气坐在窗前写写字、作作画。现在即使只是单纯望着这些优雅的人和事，只要在这国度感受着它的存在，都会令人心向往之。于是我也总是喜欢自己翻开过往的故事，从中找寻那些与它相呼应的那部分属性特质。它们从不会与你争辩，不会矫揉造作，不会强词夺理，只是静静地存在，仿佛它因你的欣赏和接纳，而更加亭亭玉立。无论这是否是它们最初的价值所在。

如果这一年你也在英国留学，一定要试试做客英国（Host UK），用一个周末去英国当地人家里生活，看看自己会获得怎样的惊喜？有一些学校会为学生提供免费的通道，只要提供学生证号码，便可以免费度过一个奇妙的周末，只要自己支付来回的车费。如果你的学校没有提供这样机会，那么花上几十镑当一次短途旅行也将是十分难忘的选择。

像爱丽丝一样,掉进"珠宝角"

伯明翰距离我所在的莱斯特只有不到一个小时的车程,它是一座中转站,前往英格兰北部和苏格兰地区的时候,无一例外地要在这里转一趟车。以前每一次换乘时候都和它擦肩而过,只有这一次,我掉进了那个城市里的静谧角落,像爱丽丝掉进了隐秘的兔子洞,又惊又喜。

伯明翰是英国第二大城市,自然同僻静的莱村不一样,詹姆斯·瓦特曾在这里发明了双向气缸蒸汽机,也让这座城市成了工业革命的发源地。这座制造业的中心,主要发展重工业,还是世界上最大的金属加工地区之一。听上去这样坚硬寒冷、充满工业气息的一座城市,却还有着另一个身份,我们在转角遇见这个"珠宝角",便瞬间深深迷上了它。

珠宝角(Jewellery Quarter),只听这名字就让人充满了期待,大概会在这里见识到满眼的黄金钻石,像阿里巴巴与四十大盗打开的那座神秘山洞一样,藏着数不尽的宝贝。交错的街道上有着几百

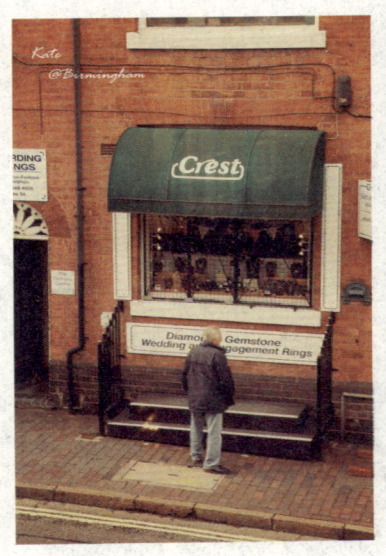

一路红砖，是伯明翰的一张名片。

不远的遇见

珍宝的光芒会随时光更美,像我们的记忆一样。
珠宝角就像兔子洞,让你不小心跳进不知哪个年代。

第二辑　英伦情怀

家商铺在做着形式不同的珠宝生意，首饰、银器、制笔、哨子、奖杯、硬币甚至棺木，各式工艺的店铺，你都可以在这里找到。这里不仅作为零售商的集中地点，能让你收获到廉价又高质量的珠宝首饰，还是英国各地珠宝的主要来源，宝贝们会从这个角落输送到英国各个城市中去。

珠宝角博物馆就藏在街上一个十分不起眼的小门里，推开门，到处是充满时代气息的珠宝缔造工具。这里曾在19世纪末起的八十年间作为珠宝工厂，如同这一条街上的其他珠宝厂商一样，向英国甚至整个欧洲输送着精美的珠宝首饰。如今它变成了一座博物馆，为来往的游客讲述着这里过去二百年间的兴衰荣辱，把英国的历史故事让这美妙剔透的金银珠宝作为主人公娓娓道来。看着展示厅里一件件精美至极的首饰，让人难以想象它们是出自这样笨重又沾染着钢铁气息的工具。一沓沓泛黄的设计图纸就在窗边，接受着时间和阳光的洗礼，不管过去了多少年，纸上的那些珠宝图纸，仿佛都会跟着切割棱面的转换而反射着耀眼的光。

讲解人员点起了桌上那盏看起来沉积了许多灰尘的酒精灯，用小铁锤在银制的板子上敲敲打打，就用模具打出了几只约克夏犬的样子，送给了我们。我接过那一片小小的礼物，如果不去观察周围人的衣着，那一刻就仿佛回到了二百年前。如今街上仍有七百多家商铺从事着和珠宝相关的生意，很多珠宝商还保留着传统的手工技艺，让这些珠宝在冰冷机器的打磨之下渗透进了许多人情味儿。

只是不知道为什么，它曾经被描绘得那么辉煌，而如今的街上却看不到太多的游客或本地人的驻足。就在这英国典型的阴天之下，它好像也被乌云掩盖住了一般，格外冷清起来。甚至让街上充满伯明翰特色的红砖建筑，都把它的光芒夺了去。但或许，它们只是藏在这里，期待更多愿意拨开浓雾、掉进这神秘洞穴里的"爱丽丝"，来真的读懂它时光沉淀的美。

再多一天，你便将成为湖畔派诗人

从英格兰进入苏格兰地界之前，会经过一片幽静的风景区。不知道在车上晃悠了多久，我们突然在一片树丛附近停了下来。睁开惺忪的睡眼走下大巴车，不禁把大衣裹得更紧了些。一路踏着被雨水浸得软绵绵的枯叶，我们来到了一片开阔的水域前面，这就是著名的温德米尔湖。原来我们已经到了英国的湖区，那块听起来就充满诗意的地方。

温德米尔（Windermere）是它的名字，我喜欢从嘴里把它读出来的声音，它的发音似乎让人感受到水一样的温柔，夹杂着一丝坚毅的力量。这一片水域是英格兰地区最大最长的湖，天鹅和水鸟在湖面上悠闲地漂浮，划破如镜的水面。站在湖边，如果你不说话，便只能听到湖水悄悄拍打堤岸的水声，还有远处飞起的鸟儿的长鸣，在空气中飘散的水蒸气间不断折射，再敲进你的耳朵。远处日渐干枯的树枝好像被空气中的水分涂成了水彩画，一层一层淡下去，直到不见。

从前在英国文学史课本上读到的"湖畔派诗人"正是在这里获得大自然的灵感,再将那份纯粹的浪漫主义跃然纸上,原来就是这样的地方,成就了文学史上的辉煌一笔。华兹华斯(William Wordsworth)、柯勒律治(Samuel Coleridge)和骚塞(Robert Southey)并称为"湖畔派诗人",他们厌恶资本主义世界冷酷的金钱关系,喜爱用自然给予的灵感寻找慰藉,隐居在湖畔,在描写自然风光的字里行间抒发对人生哲理的探寻与思考,形成了19世纪英国最早期的浪漫主义流派。

若是你站在这湖边,怕是任何人都会兴起作诗的冲动。若是圣诞时节来到这里,更不难想象为何曾经的"湖畔派诗人"被打击称为"消极"浪漫主义。英伦岛上的冬季日照时间很短,偏又是雨季,冷风萧瑟更是难免引起阵阵凄凉。头上的乌云翻滚着飞快地飘向远方,不知道什么时候哪一团云彩便会突然下起雨来。湖面蒸腾起的雾气渐渐弥漫在整座小镇,如果不仔细观看,不小心就会错过远处水鸟悄悄降落在水面上的美景。孤独,却不寂寞。

沿着小路爬到山坡上,不难看到星星点点白色的羊群散落在绿色的草地上,这是驱车在英国乡村小路时常常见得到的可爱景象。鹅卵石被小心翼翼堆砌成齐膝高的垛子,划分着每片农庄的地界,又防止羊群四处乱窜。每次见到它们的时候,总会让我想起沸沸扬扬的圈地运动,想不到在如此自在于天地间的乡村田园,竟然会有助于原始资本积累从而推动了英国工业革命,把这座国家推到世界的顶峰去。现在,这儿恢复了它该有的宁静,静得好像并没有过太

亦淡亦浓的薄雾成了我在湖区最美的记忆。

不远的遇见

多人类的足迹到过这里。

接下来的时间，我们毫不犹豫地走向了小镇的彼得兔博物馆。同那些浪漫的湖畔诗人一样，毕翠克丝·波特（Beatrix Potter）女士同样在湖区获得了珍贵的宝贝。不知道你是否还会记得小时候在野外的树林中偶遇的那些可爱的小动物们，松鼠、兔子、野鸭甚至狐狸……它们与波特女士的相遇，都被她赋予了全新的生命。她喜欢将这些可爱的小生命拟人化，用独特的画风和笔触创作出自己的风格，再写进给朋友的孩子们的书信中。自1902年第一版图画书上市至今，已过去百余年，彼得兔的形象却一直流传至今，它和它的朋友们已经成了世界童书史上的明星，让人们幻想着英国湖区边上那座小镇，究竟有着怎样的魔力。

在12月的雨天，这座小小的博物馆没有太多的游客。说是博物馆，却更像是彼得兔和它朋友们的家，我们像小孩子一样钻进这条黑乎乎的兔子洞，跟着彼得兔朋友们的脚步去看看波特女士笔下的小动物们，过着怎样惬意的乡村生活。和鼹鼠阿姨一同品一品下午茶茶点，去地里拔一筐新鲜的胡萝卜做晚餐，或是偷偷跑去隔壁看小老鼠一家在挖洞造一幢全新的家……这便是它们的日常了。

弯曲的小路在中间断掉，通向了室外一座隐蔽的小花园。非常贴心地，门口准备了好多把大伞供游客使用，这块不过十平方米的室外花园被层层叠叠的各种植物铺满，树丛间还隐藏着几只铜铸的彼得兔，就这样默默经历着小雨的冲刷。尽管树叶已经被寒冷的冬

第二辑　英伦情怀

不远的遇见

天带走了许多,可清澈的雨滴俏皮地挂在每一枝树梢上,像是一颗颗钻石。

我们在温德米尔小镇短暂停留了一个下午,它算是一座著名的旅游景区,可你不需要地图去判断自己前进的方向,只要凭自己的感觉便可以踏遍这座小镇。一路上淅淅沥沥的小雨伴随着我们,很多时候这样的雨水总给人黏腻又不适的感觉,可是在这里,只感受得到它的安静祥和、自然纯真,湿漉漉的雾气更给了它湖区才有的那份神秘感。在记忆中,它的色彩并没有那么缤纷多彩,深深浅浅的灰色成了这里的主调,我喜欢这样的低调和神秘,让所有人类的痕迹都不与这周边的一切相违。

And hark! How blithe the throstle sings!
He, too, is no mean preacher;
Come forth into the light of things,
Let Nature be your teacher.

听!多么轻快,画眉的歌唱!
他,同样地,是一种召唤:
快来吧,进入阳光地带,
让大自然充当你们的老师。

——威廉·华兹华斯(William Wordsworth)

窗外的伦敦

咖啡馆的窗边，我能静静坐一个下午。窗外望出去就是特拉法加广场，黑色的伦敦出租车、红色的双层巴士在我眼前穿梭。这儿是游客最集中的地方，右手边的广场上满是人群，还有鸽子，不知道今天有没有人专程来这里喂它们。威尔逊将军的雕像在广场上依然正气凛然，只是这么下着大雨，没人能给他打把伞。

远远地看得到国家美术馆和肖像馆，里面有一幅亨利·卢梭1891年的作品，热带雨林中老虎惊恐样子，和路上那些雨伞被大风刮起的路人的样子好像。

左手边就是唐宁街，一眼望到大本钟就远远地立在那里。如果走过去，沿路应该还看得到伦敦眼。路边一家小剧院抑或是影院，门口铺好了红地毯，引来一些围观群众。不知道是什么首映式？路中间纪念二战妇女的纪念碑还在那儿，和十年前一模一样。唐宁街十号的门依然紧锁着，或许和近二百年前建造它的时候也一模一样。除了这些，或许这里只是一个普通的伦敦小路口。刚刚的一分钟里，

窗外的景色每一秒都在变幻，每一帧都那么有故事，大概是因为这里是伦敦。

第二辑　英伦情怀

不知道已经过去了几个国家的路人,不知道他们的目的地都在哪儿?

每次来到伦敦都是满满的行程,却难得有时间看看过往的人们和车辆。不想思考什么,也不用追赶什么。好像我不在世界的节奏中,却感受着每一种节奏。

我喝了一口手里的接骨木汽水,接着推开门,融入了这路上的人流。

这个圣诞，让真爱降临

又一年的尾声了。进入 12 月，星巴克的杯子变红了，商场门口堆起了越赛越高的圣诞树。仔细想来，真正的传统圣诞节我只经历过在英国的那一年，竟然就足够让那一年所有有关圣诞的印象，重新塑造了圣诞节在我心里的地位。

大学里的每一个圣诞节，都会把《真爱至上》找出来看一遍，总是想要在热闹聒噪的商家活动的淹没中，找到一丝原本属于圣诞的温暖和感动。其实也只是平添向往，怎样都不能完全体会他们为何选择在这样的节日里表白，为何又把那个一年中最冰冷的季节变成了最温馨的时刻。

终于在几年之后，来到了梦寐以求的英国，于是把圣诞的假期安排得满满当当，从南到北，从伦敦到爱丁堡，都留下了自己的足迹。不论途经哪座城市，总会被强烈的圣诞气氛击中，被琳琅满目的圣诞装饰迷乱了双眼，被洋溢在人们脸上天真无虑的笑容感染。伦敦的大街小巷间、牛津城里霍格沃茨的大厅内、莱斯特的钟楼前、

圣诞是红色的，也是蓝色的，是温暖的，也是沉静的。

达西庄园的客厅里、约克大教堂的管风琴旁、爱丁堡的城堡上……它们的表达方式各有不同，自带风格，却又只为了传递同一个信息。

一切都美得不像话，只想说一句："It is the best time of the year！（这是一年中最美好的时光！）"

如果你在伦敦，或许随手一抬就是风景。如果你在伦敦，或许会每天和几万人擦肩而过也不觉得嘈杂。而如果你刚好在圣诞的伦敦，记得多逛几条摄政街附近的小街，多看几眼刚刚点亮的彩灯和包装好的、像礼物一般的街道。每个橱窗都被精心打扮过，穿上最华丽的节日新装，仿佛调色盘中的任意一种颜色都能在这里找得到。最喜欢在牛津街的各式橱窗前面驻足，那些平日里颇有格调的模特如今都灵动了许多，有的在奔跑，有的在演奏，有的从城堡打开的门里进进出出，每一扇窗都像在演一出节日大戏。街上的过客更是可以免费欣赏，让自己也成为童话的一部分。大量的金银两色在眼前肆意地铺张着，左边一点，右边一簇，好像那些在黑暗的冬夜里积累了多日的绚烂，在圣诞时节全部释放出来，一扫过去一年的阴霾，让人们对生活充满了无限的莫名的热爱。

在圣诞时节走进商场，或只是在街上闲逛，耳朵里永远听得到欢快的圣诞颂歌。每每听到这带着如此浓厚的节日气息的旋律，身体总是不听使唤想要跟着一起摇摆。如果这时候身边刚好经过手舞足蹈的小朋友，更难以不被他们的可爱所折服了。圣诞货架上常常见到用来倒数的礼盒，它们和简单的日历并不同，而是像一个神秘宝箱一般。从十二月的第一天开始，你可以掀开第一扇窗，直到二十五号圣诞节那一天，每一天都获得一份不一样的惊喜。身边的每个细节，都让人无比期待圣诞节的到来，又希望它不要来得那么快，这样就可以一直沉醉在这样惊喜又欢乐的盼望中。

圣诞的时候，最喜欢买两样东西。非常好奇从什么时候开始，服装店的最醒目的地方摆放起红红绿绿让人不知如何评价的毛衣，衣服上总是挂满了雪人、驯鹿、铃铛、圣诞树、圣诞老人，让人忍俊不禁。尽管有些傻乎乎的幼稚，它却带来了最简单的快乐。想必穿上它们的时刻，便没有人会只关注着晚礼服里面躯体的高冷和距离感，而会在一瞬间和身边陌生的朋友打成一片吧。另一件，是在超市里需要眼疾手快下手抢购的纯真鲜果昔（Innocent Smoothie）。这是只有圣诞期间才特供的限量版本，慈善机构和果汁品牌的合作，让每一瓶果汁的头上都戴上了独一无二的手工编织毛帽子。每卖出一瓶带毛帽子的果汁，就可以为英国寒冷冬天中的老人和孩子们捐款 25 便士。这出于善意的小小创意，却得到了大家疯狂的热爱和支持，一定要跑遍城市中大大小小的超市，买到一顶最特别的帽子收藏起来。

圣诞时节，很容易在街上找到带着各式风格的市集，这里有你想得到想不到的各种东西，饿的时候，还可以吃上一只热腾腾的热狗。天气冷的时候，来一杯传统的冒着肉桂香气的热红酒，或是带着融化掉的棉花糖的热巧克力，很快就可以给自己回温。更不用说冬日里保暖必备的毛线帽子手套围巾，花花绿绿挂了一屋子，就像

一切热闹的筹备活动在圣诞节的当天归于平静。
只剩下与家人共享的围炉温暖，温馨相聚。

第二辑　英伦情怀

大街小巷会循环播放上两个月的圣诞歌曲，用各式夸张的装饰吸引你的眼球。
请一定好好欣赏它们，因为明年，又将是另一幅花样。
喝一杯热红酒，买一顶圣诞帽，逛一次露天市集，听一场音乐会，装扮一棵圣诞树。
如果可以，我希望圣诞节可以连续过上整个冬天。

不远的遇见

手工艺品一般。如果运气好,你也许能见得到装满圣诞树的小木屋,一棵棵新鲜的松树在等着人们把它带回家,成为客厅里最引人注目的那个焦点。

再热闹一些的市中心,还能看到临时搭建起来的小型游乐场,为小朋友们的圣诞增添了许多快乐。几乎每座城市都会突然冒出那么几个我们颇为熟悉的旋转木马。当我犹豫许久终于在伦敦尝试了一次旋转木马之后,才知道它为什么有那么大的魔力。游戏开始的铃声一敲响,周围的一切景致便开始模糊起来,原来它旋转的速度要比我小时候坐过的木马至少快两倍。时而望向不远处已经暗下去的泰晤士河,路上的人们围紧自己的大衣在快步前行,而这一边,木马忽上忽下地飞奔着,圣诞欢快的音乐响起来,孩子们嘻嘻哈哈笑着,风从耳边呼啸着,好像真实的世界早已与我无关。就在这架木马上,我要飞向圣诞王国。

同行的朋友提醒我,一定要在圣诞这一天囤好食物,不然可能连开门的餐厅都找不到。果不其然,节日当天的晚上,我们在格拉斯哥度过了这特别的一天。来到英国北边很冷的苏格兰,日照时间更是缩得很短。下午三点过后,天色已然渐渐暗下去,市中心的彩灯还炫丽地亮着,可那些总是惊喜地抬头张望的人们却不见了,商场在天黑的那一刻也早早关张,连平日一天要光顾几次的连锁超市都不再开门迎接客人。热闹、疯狂又翘首以盼的那一个月过去,换来的是和家人共度的最为温暖的一个夜晚。可惜我不能真的成为他们其中的一个,但即使走在冰冷又无人的漆黑的街道,一想到这样的空旷是因为他们正在享受围炉温暖，我就心生感动。

　　电影中，主角们的故事在伦敦这座城市交织碰撞，即使充满错过、遗憾和不完美，亦是人生的最完美的特质吧。片尾处，希斯罗机场的候机厅里，朋友、恋人、家人们，他们相聚、相拥亲吻。我在这样的节日里走过近十座城市，见到餐厅里围着烛光举杯的一家人，在礼堂里表演着圣诞温馨故事的同学们，带着圣诞老人帽子手拉手在滑冰场追逐嬉戏的好友们，那些为了和家人共度圣诞而早早赶在回家路上的人们……他们用不同的方式为我最好地诠释了为什么圣诞是最易见证"真爱至上"的时刻。

　　又一年的圣诞节要到了，我为自己订了一束松枝花环、一串暖光彩灯，想要窝在软软的沙发里，大概依然会重温那些个真爱的故事，抱着一杯暖暖的热红酒，像从前一样，期待窗外渐渐飘来一个白色的圣诞节。

最正宗的英式下午茶在哪里？

我想你或许已经猜到答案了。英国最古老、最著名、如今人气最高的下午茶餐厅，就是约克的贝蒂茶屋（Betty's Tea Room）。寻着这一缕最浓香的奶茶味道，我第一次来到这座城市。

约克是北约克郡的首府，英格兰北部重要的交通枢纽，据说它的火车站在 1877 年刚刚建成的时候，是全世界最大的火车站，也难免让人刚刚下了车就为这座古老的车站停下了脚步。宽敞的站台在一根根黑色的钢筋圆拱棚顶下面发出暖黄色的光，让原本匆匆经过的车站也仿佛能够给人温暖的拥抱。这里有著名的国家火车博物馆，一进门浓重的油气味道就扑鼻而来，可眼前各种工业革命时期的大家伙，让人不得不感慨这上百年的蜕变，让我们的世界发生了怎样的巨变。哈利·波特电影里面的霍格沃茨快车也藏在这个博物馆里，它竟然不只是拍摄电影的道具，而现如今还依然能在轨道上自如行驶。它似乎就是有这样的魔力，停在哪里，哪里就变成了九又四分之三站台。

沿着约克古城墙摸索前行，这是整个英格兰古城墙中保存最完整最长的一段城墙。这座城市与罗马帝国和维京人都有着很深的渊源，这古城墙正是罗马人为防御外敌而设置的屏障。以约克大教堂为中心，城墙绕着城市整整砌了五公里。如今游客只能在某段时间里走上一小段，体会这几个世纪之前的伟大建筑。如果这一次的旅程，正好飘起零星小雨，那更要爬上城墙走上一圈，把约克的美收进自己的眼里。

站在城墙，远远就看得到约克大教堂在群楼中熠熠生辉，它带着与众不同的色调和气质。欧洲现存最大的中世纪时期哥特式教堂，用了近二百五十年的时间建成。夕阳下的它通身发散着象牙白的光芒，一个个塔尖像锋利的刺刀指向天空，精美的雕刻工艺让人唏嘘不已，不禁感叹人在如此渺小的同时，又可以这样伟大。

走进教堂，已然被各处耀眼的彩色光芒映得目不暇接，想四处寻找这光亮的来源，却有种身体渐渐被拔高的感觉，不自觉地仰望、惊叹。四周都是巨大的彩色玻璃窗，其中还包括全世界最大的中世纪彩色玻璃窗，精美的雕饰花纹让人想细细聆听它的每一个美丽的故事。教堂里讲解的老爷爷讲述着约克大教堂的兴衰重建，一件一件，如数家珍。每面墙上甚至讲述了几十几百个圣经故事，即使还不能完全读懂它们，但阳光穿过它们的那一刻，你只觉得有一丝感动流过血液，好像有一部分的灵魂已经决定留在这里不走了。

进门的西窗上，隐秘地镶嵌着一颗心形的彩色玻璃，它给这座

不论什么季节，不论晴天与否，约克总有着你读不完的故事。

第二辑　英伦情怀

大教堂带来一个浪漫的名字——约克之心。太阳渐渐落下了山，约克大教堂里唱诗班的歌声也响了起来。悠扬又神圣的歌声和管风琴的仪式感交相呼应、余音绕梁。坐在这里，就算不觉得这一切与宗教有何关系，也很想感谢上苍和所有造就这一刻美好的一切。

约克这座城市可以在短短的两个小时里俘获你的心——如果你爱穿梭在古罗马城镇的感觉。几条小街保留着中世纪时的独特建筑风格，歪歪扭扭的房屋，铺满鹅卵石的道路，曾经以各式各样的肉铺吸引着民众，所以被称为肉铺街。它正是哈利·波特故事里描写的对角巷的原型，或许在某个转角会突然走出一位巫师，挥舞起魔杖。不知是不是为了和这座城市的气息相符，在街边总会不经意出现一间间卖古董饰品的小屋。狭长的屋子一间套着另一间，里面塞得满满的都是闪闪发亮的复古饰品，无论是收藏还是二手货，老板娘总是会有它的故事跟你说。

你如果在市中心见到一条长长的等候队伍，那多半是已经走近贝蒂茶屋（Betty's Tea Room）了。它距今已有近百年的历史，永远保持着英伦的优雅和闲适，无论屋外面的队伍多么焦急，茶屋内绅士的服务生总是面带笑容为大家呈上精心烘焙的糕点和一杯杯香浓的红茶，到访的游客也总会在这个时刻卸下一身的疲惫和历史沉淀气息，装一回优雅的英伦绅士或淑女。在这么多年轻的游客中间，总是会看到白发苍苍的老人与爱人结伴而来，慢慢切开盘中的三明治，喝一口红茶，这已然是融入他们生命的生活，惬意、宁静。夜幕降临的时候，茶屋中的乐师会静静坐在钢琴前面，这时候你可以

这是游人眼中到此一尝的当地风味，也是几十年来早已形成的生活方式。

将下午茶套餐里的奶茶换成一杯香槟，在微醺的小情绪里让曼妙的音符开启静谧的夜晚。

一层一层的英式下午茶套餐，总是让人觉得浮夸。马卡龙、树莓蛋挞、布朗尼、三明治……不停挑战你的味蕾，让你在刚刚习惯马卡龙甜腻的时候，又突然出现一片鲜咸的香肠。但最纯粹的还是英式司康（Scone）让人回味，它长相平平，小麦和大麦制成的口感也是偏干偏硬，但搭配起黄油和草莓酱，就像在你的口腔里跳起了一段圆舞曲。这时候杯子里刚刚泡开的红茶已经开始散发厚重的香气，顺势倒进鲜甜的牛奶，看它在热红茶里翻滚成花，是我最喜欢的瞬间之一。拿起勺子轻轻搅拌，撞到瓷杯子边缘时候叮叮当当的声音，就好像这支歌的前奏。

不知道是不是被这纯粹的下午茶吸引住，随后的一年里我一次又一次来到这座城市，却总是找得到让我再次爱上它的理由：或许是在快要打烊的快餐店吃的那份炸鱼薯条，或许是圣诞节时候市中心那架亮起彩灯的旋转木马，是在约克火车站的厕所里偶遇的好友，在克利福德塔顶翻过栏杆看到的日落，或是在街头迎面走过来的那几位膀大腰圆的维京海盗……

口中那一闪而过的醇厚下午茶味道，竟然幻化成了那些故事的开头。

斑驳的城墙，和一朵未凋零的白玫瑰，是来自曾经的一封信。

再见，霍格沃兹

在英国游荡的那些日子里，总是喜欢在街上寻找魔法世界的影子。你穿梭的一条小街道，或许就是凤凰社的藏身之处，街边的那座红色电话亭，大概就是通往魔法部的大门，车站里经过的某个转角，就正是九又四分之三站台。

在那一年圣诞余温还没有消散的时候，我带着加拿大来的朋友，一路坐地铁经过温布利球场，又在终点站换乘公交，终于和大部队一同抵达了位于伦敦郊区的哈利·波特片场。

眼看天色渐渐暗下来了，我们两个人走到售票处，里面的女士对我们说：如果没有在网上进行预约，那么今天的票已经售空了。一时间真是大脑一片空白，难道就要这样绝望地返程么？我解释说：我的朋友从加拿大千里迢迢来到这里，明天就要离开英国了，只为能再看一眼这个魔法世界。工作人员竟然真的去询问她的经理，帮我们争取到了两张门票。感动到痛哭流涕，我们一遍又一遍说着"感谢"，便兴冲冲地跑去长长的队尾等待进入向往已久的魔法世界。

到处是其乐融融的圣诞氛围，好像看得到是海格用人力拉回的一棵棵圣诞树，是弗立维教授把那些亮晶晶的装饰球，用魔法挂到沾满雪花的树尖儿上。队伍弯弯曲曲转了几个圈之后，我们终于坐到了电影大屏幕的前面，各位电影中的主角在向我们讲述着这座片场建成的故事，说着镜头慢慢推进到霍格沃兹魔法学校的大门口，而幕布也渐渐升了上去，真正的大门在我们面前打开。

这段长长的走廊上，四个学院的学生已然坐好，在等待享用凭空出现的圣诞大餐。这些绚丽的装饰和美食，只有在每年的圣诞月才看得到。帅气的巫师袍在两侧排列整齐，像是在欢迎我们这些远道而来的麻瓜们。走廊的尽头，魔法学校的老师们正在为新来的学生们致辞，一切都是你印象中的样子：智慧的邓布利多，犀利的麦格教授，黑暗的斯内普，高大的海格……这时候脑袋里已经开始不停地放映着电影，好像这些人真的存在于自己的世界，而不是那个虚构的幻想中。

正式走进片场的大门，你想得到的和想不到的所有在电影里出现过的细节都会在眼前铺展开来。一进门便看到哈利·波特那楼梯间小小的壁橱卧室；而赫敏在圣诞舞会中惊艳的出场，将所有主角和观众都从少年带入了青春期；厄里斯魔镜映出了我们心底最强烈的欲望，魔法石的闪闪发光让人们无限幻想着长生不老的可实现性；小时候最渴望得到的魔法神器就是那条让时光倒转的项链，现在竟也是一样；罗恩家里的毛衣针和煮饭锅自己在忙活个不停，热着魔药剂的坩埚里的搅拌棒也在认真地工作；很想拥有一个冥想盆，将

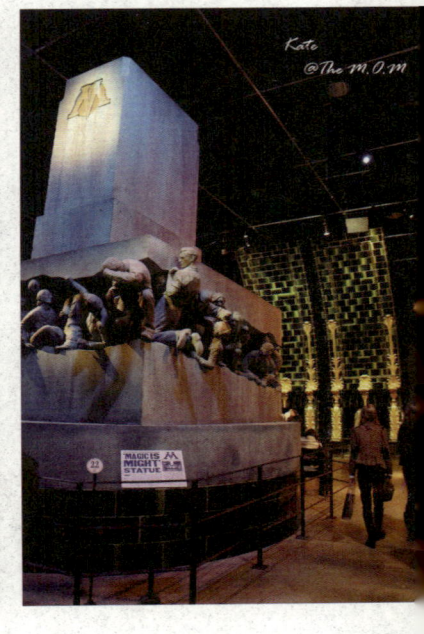

不远的遇见

第二辑　英伦情怀　　185

自己的所有思绪放进去，不至于将生活中的各种美好忘记；邓布利多静静地坐在自己的办公桌前，看头顶的星球绕着轨道转来转去，守护它入口的那只鹰展开羽翼、忠贞不已；三个小主人公在公共休息室的火炉前时而嬉笑，时而紧皱眉头思索着战斗方案。

片场的室外那最吸引人的小铺子，正是贩售黄油啤酒的地方。每次想象将上面那一层甜腻腻的泡沫粘在嘴边，再加上清凉的啤酒下肚的爽快，总是忍不住咽下口水。冬天的伦敦又阴又冷，室外的一杯冰镇黄油啤酒喝下去瞬间已经透心凉，却真的比想象中的味道更奇幻，一种终于喝到了魔法药剂的感觉，整个人有一种想要变身成魔法师的冲动。片场出口处的商店里，还有泥土味道的比比多味豆和跳来跳去的巧克力蛙等着被游客带走。

以约克的那条肉铺街为原型的对角巷也出现在片场中。那家古老的魔杖商店、飞天扫帚的聚集地、魔法书店在这里都找得到。最显眼的还是韦斯利兄弟的恶作剧商店，一位吃了呕吐糖的小女生在门口抱着木桶吐个不停，上学的时候最期望的就是有这一颗糖来免去上课和写作业的痛苦。

现在转身望去，我们从初识这个魔法世界至今已经过去了十五年。一些我们曾经熟悉的电影中的面孔甚至已从这世上离开。前几日离世的斯内普教授给我们带来震惊之外，我们也更加清楚，这样一个永恒的世界已经无法再被复制。他好像永远站在那个魔药课的课堂上，在弥漫各色气体的坩埚前静静望着下面的学生，不论是

Kate
@Butterbeer Stall

Kate
@HP Studio

Kate
@Hogwarts

第二辑　英伦情怀

188　　　　　　　　　　　　　　　　　　　不远的遇见

严酷阴沉也好,冷漠刻薄也罢,我们最终记得的永远是他的执着和专情。

"只有有人愿意听,故事才得以流传。"你还记得当年哈利·波特书籍出版的第一天吗?全世界的书迷们排队去买这本书,之后拼命第一个读完,就为了先于别人知道故事的结局。还记得电影终结的时候自己坐在影院里默默地流泪吗?是因为它也见证了自己的整个青春,从一个幼稚的小学生长成父母的年纪。卢娜说过,我们失去的东西总会回到我们身边,虽然有时并不是以我们希望的方式。还好它一直就存在于记忆中,一次排山倒海的呼啸,就会将它从心底泛滥起来,又掀起一片涟漪。幸好说了再见之后,是真的会再见。

"After all this time?(过了这么久依然深爱?)"
"Always.(直到永远。)"

连绵不绝的一座"诺丁山"

提起英国，会发现每一种人都以他们独特的方式竖立着标杆。比如那些戴着高高礼帽的英国绅士，手举酒杯大声呐喊的足球流氓，总是聒噪的摇滚青年，不论冬夏每个周五晚上都露着大腿走在去酒吧路上的美女们，还有那些品位独特的复古爱好者。在英国，人们热爱极了复古之风。大大小小的城市，经常有各种复古市集、跳蚤市场为大家提供物品交换和淘宝的机会。如果你想在伦敦的"复古骑行"活动上大展风采，相信诺丁山有你需要的所有道具。

说到诺丁山，第一次听到它的名字或许是在那部同名电影里。一位星光闪耀的明星爱上了诺丁山书店里的店长。这样的爱情故事给诺丁山增添了许多浪漫的色彩。一个长镜头，让休格兰特在波特贝罗（Portobello）街上走过了四季，把诺丁山的春夏秋冬融进了短暂的两分钟。每一间小店里都发生着重复又新鲜的故事，他们堆积成今天的诺丁山，这片让人听起来很雄伟的地方。实际上，它更像一个百宝嵌，每一处闪光的亮点都让人无法忽视。

第二辑 英伦情怀

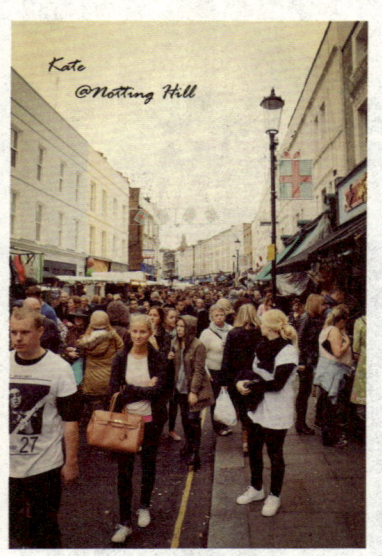

路上的风景或许几十年如一日，只有那些偶遇的人们，是独一无二的记忆。

不远的遇见

借着来伦敦观看女王珠宝展的机会，我第一次来到了诺丁山。平日里这儿像个宁静的小村庄，每座小屋被涂上了它特有的颜色，沿着这条路一直铺满下坡，像威尼斯的那座彩色岛，让人心情都跳跃起来。这一天是工作日，一路上零零散散的只有几位游客，阳台上露出的鲜花和绿叶把安静的街道装扮得更加温柔，好像来到了英国天涯海角那个与世隔绝的小村庄。

拐角的一家首饰店突然出现，成功吸引了我的注意力。橱窗里铺满大大小小的项链、手镯、胸针、戒指，错落有致又不觉得杂乱。走进店里，就好像掉进了藏匿金银财宝的山洞，它们争先恐后地闪耀起自己独特的光芒，从四面八方向你拥来，把你包围。店主在对顾客仔细讲解着每件珍宝的设计灵感和背后的故事，而我被夹在几只陈列柜中间不敢轻易转身，怕一不小心就碰掉最近的那件首饰。走了几家小店之后我发现，这大概是"古董小街"的一大特点，不论古董店、首饰店、家居店还是玩具店，狭小的空间都被主人满满的收藏品填满，从落地柜子的最低一层到二层楼的楼上，如果不是静静坐在地上仔细盯着它们看，不知道会错过多少可爱的小细节。我一面赞叹着这些收藏品的精美，一面又假装没有看到店主偷偷地微笑。

街上的路人不多，这才让我能够好好欣赏一下这条小街。胡同里出其不意地冒出奇思妙想的漫画，街边立着一辆金黄色的自行车，还有端详了许久也搞不清中心思想的海报。再往前走一走，又有一位带着大毛帽子的英国卫兵雕塑守在店铺门口。这里更像是个艺术家的隐身之处，而不是复古爱好者的聚集地。

　　再来到伦敦的时候，我特地在周末又跑到了诺丁山。每个周末的一大早，这里的复古市集会摆上几百米的大长龙，引来世界各地的游客。这一次从附近的地铁站出来，不需要你打开地图来判断方向。只要跟着人群的方向一起，很快就找到了诺丁山著名的街道。远远看去已是热闹非凡，人满为患。街头艺人装扮成卓别林，在路口迎接着所有前来凑热闹的游客。左手边第一家店挂满了苏格兰特色的羊毛制品，一位穿着传统苏格兰格子裙、别着风笛的帅哥成了进入诺丁山的第一个标志。

　　完全不同于上次来到诺丁山，在周末，游客、街头艺人、流动小商铺和淘古董的人们挤满了小路的各个角落。不论你想要一台古旧的相机，一对独一无二的耳环，一枚长满绿铜的硬币，一份刚刚出炉热气腾腾的草莓华夫饼，或是一束新鲜挂满露珠的鲜花，你都可以在波特贝罗路上找到。穿过这一阵阵香气，我也期待能够像电影中的主角一样，在一个镜头里，品尝诺丁山的春夏秋冬。放下手里那些时间久远的物件，我也喜欢看身边人仔细端详他们手里的那一件宝贝。来自多年以前的古董，把时间的沉淀感毫无保留地带到了它旁边的人身上，也给自己的故事加上了一段新的结尾。

　　街道上的商贩们大声吆喝着吸引游客来品尝刚刚出炉的美食，这沿街的小屋里，有人举起放大镜，细细品味着手里的古董。一时间，眼睛、耳朵、嘴巴和心，都被填得满满的。

月亮与六便士，希望我们都能拥有。

第二辑　英伦情怀　　195

我带着三枚早已不再流通的六便士硬币离开了诺丁山。虽然它们曾经微不足道，可换在如今，这大概就是我们常说的小确幸。我总是低头看着它们，想象它们经历过什么样人的手，交换过什么样的物品，见证过什么样的愿望。一些幻想的场景，却好似就攥在手里，那真实的小幸福。

第三辑 北美大陆的匆匆一瞥

我们走在路上,感受他人,又看到自己。
奇妙的是你可以把一路的故事都融进自己的生命,变成一个更丰富的自己。
蒙特利尔,就是一个让心变得更多元的最好去处。

最长的旅程

每一次出行的计划时间总是会比旅行的时间多出很多，大多数的时间，我们会把大部分精力都放在目的地，而把路途的劳顿和奔波都当作了不必要的辛苦，但有时这路上的故事要比目的地更加曲折离奇。

在朋友的怂恿下，我在出发前的十天临时决定从英国和朋友一起飞回加拿大，显然是把在国外办理签证看得太容易，结果不仅仅签证没有及时拿到，连手中的特价机票都被改签费翻了近一倍的价格。

那时的智能手机，连接网络都不是件容易的事情，尤其在印度客服浓浓的口音指导下，每一分钟都在担心账户里的钱会被莫名盗走，于是忐忑地把机票改签到了可改范围的最后一天。结果三个月后的这一天，我逃掉了最后一节危机公关的课程，也错过了莱大女排的最后一场区域比赛。现在回想起来，不知道自己本来会经历一些什么样的日子，也是挺奇妙的一件事情。

Kate
On the Way

不远的遇见

从莱村的小屋出发时，已经是晚上十点钟。街上的人三三两两都走在回家的路上，我却拉着箱子徒步走到了汽车站，前往伦敦希斯罗机场。不知道我是不是没有找到合适的歇脚处，凌晨一点钟，终于在破旧的机场一楼找到一个有插座可以充电又勉强没有冷风的地方，准备消磨掉这一整个晚上。有几位跟我一样选择的，在冰凉的座椅上随意铺展开来，尝试睡着。

清晨五点已经控制不住打架的双眼，急忙跑上楼想要早一点儿办理登机，这时候却被安检大哥拦到了半路，他说因为我没有在美国转机的过境签证，被拒绝上飞机。这难道意味着这一趟的机票又要作废了？无奈只得带着委屈，一个人再拖起箱子走到加拿大航空的柜台，看我还能不能捡到一趟加拿大境内转机的航班。

坐等了一个小时，加拿大航空柜台的灯终于亮了起来，柜员操着一口浓重法语味道的英文对我说，从加拿大境内的渥太华转机到蒙特利尔，还剩下最后一张票。我还在仔细认真地听，生怕又因为口音的问题让我搞错了方向，再三确认后，我抢下了这一张票，抓着这最后一根救命稻草，继续等待下午一点钟的航班。尽管那一刻的意识已经并不清晰，可同时也放下了悬着一晚上的心。扔掉了对自己的那份不信任和对美国签证的怨恨。我的箱子行李牌上头写着"Life is beautiful.（生活多美妙。）"，我揉揉眼睛，苦笑了一下，之后又趴在相依为命的箱子上，过了三个小时。

飞机降落在渥太华的那一刻，能看得见远处地平线上蜿蜒的一座座大山，这应该就是典型的加拿大地貌了。远离了地球另一端欧洲的小资和精致，眼前突然变得清澈和大气。坐在落地窗前，我又开始了候机时间。空气的味道已然变了，阳光似乎都变得不一样。望着窗外一架架滑行的飞机和一座座绵延起伏的远山，我深深吸了一口气，让自己不要浪费每一口属于加拿大的空气。这是一段全新的旅程，一片对于我而言全新的大陆。而旅途开始前的插曲，让我对接下来的一切充满希望。也让我知道，再有怎样的困难，似乎都不会变得那么难。一路上甚至没有一个亚洲面孔，这样的场景即使在国外似乎也很少遇到。终于我笑着对自己说："Welcome to Canada.（欢迎来到加拿大。）"

踏上最后一班飞机的时候，已经不敢再想何时会到达，也不再去回想一路的奔波。在这袖珍的小飞机上，我弯着腰走在过道上，还要防止自己刮到两侧的乘客。终于坐在了一群加拿大人的旁边，一位空乘人员正在对全机乘客讲着脱口秀，听着大家嘻嘻哈哈附和他的表演，我突然放松了一直紧绷的神经。

在出家门三十七小时之后，我终于到达了蒙特利尔机场。全机人都在鼓掌，他们大概也是在为我庆祝！这就是最长旅程的故事了，我不会去埋怨是因为自己没有做好功课才导致这奔波的路程，只会因为这一段特殊的经历让我更加珍惜在蒙特利尔的每一天，反倒把它标记成了对于我最有意义的地点之一。

就像我总是喜欢在还没有百度地图的时候偶尔迷路，在遇到分

第三辑　北美大陆的匆匆一瞥

岔路的时候再走一走那条不熟悉的路,而那些小插曲才是经常出现在日记本里、喜欢和别人分享的故事。

最后,还是奉劝一下那些爱做旅行攻略的出游强迫症患者们,尽量避免和我这样随性的人共同出游。

当北美冷风遇上欧式浪漫

这是一座在世界上很独特的城市，身在美洲，却是全球第二大法语区。到达这里时正值三月底，一场暴风雪刚刚来过，路边的积雪堆得老高，白白的、轻轻的，尽管气温冷到呼一口气都瞬间结成冰晶，世界却因此看起来很柔软。这儿有个可爱的名字——满地可，在更多人的口中，它叫蒙特利尔。

或许由于蒙特利尔的冬天寒冷又漫长，在市中心附近，就诞生了这样一座"地下城"。这里由三十二公里长、占地十二平方公里的地道构成，包含着七座地铁站、两个火车站、一百二十多个出口，迎来送往五十多万人，旅馆、银行、博物馆、购物中心应有尽有。到了晚上，从圣劳伦大道的出口来到地上，笔直的街道向两侧延伸，无穷无尽，路的两旁高楼林立、霓虹闪烁，让人有种身处纽约的错觉。可一钻进地铁，又会被法语包围，我尽管曾经学习过一整年的法语二外，在这个突如其来的时刻，却依然感觉到一丝慌张，拼命搜索记忆里还存在的法语词汇，新奇又刺激。

大气的蒙特利尔，却带着一丝浪漫的颜色，一不小心沁入你的眼底。

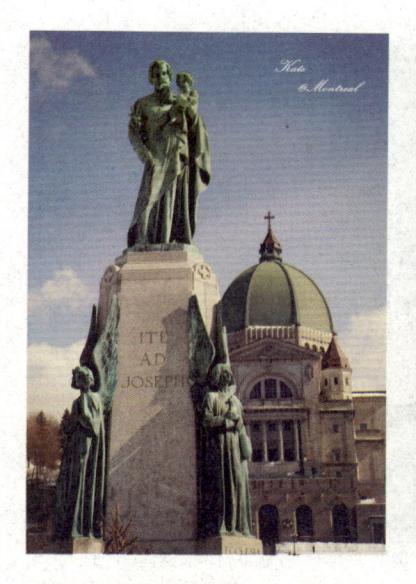

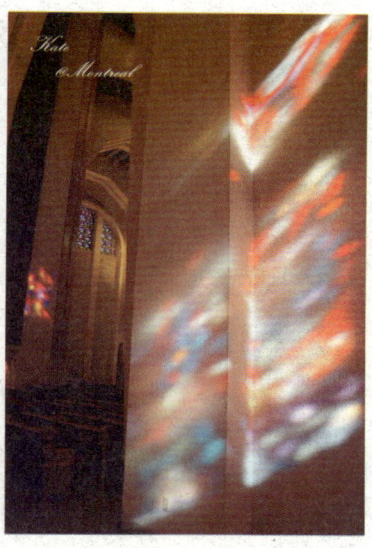

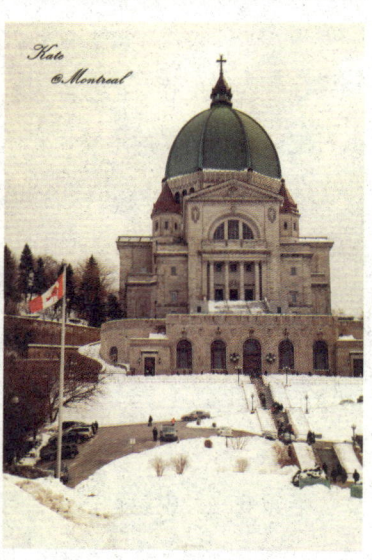

它甚至不怕你来自任何角度的审视,总让人感叹。

第三辑　北美大陆的匆匆一瞥　　207

回去朋友所在学校的宿舍，要爬上一座名叫爱德华小丘（Édouard-Montpetit）的小山，最近的地铁站有着相同的名字。陡坡一路都被厚厚的白雪覆盖，点点灯光和映在天空的红色紫色交织在一起，又倒映在这片白茫茫的雪地上，让这颜色美得不太真实。好在有这样的美景相伴，让每天爬上至少二十米高的宿舍楼都有了动力。接下来的十几天，我也要把这里当成家了。

朋友出门打工上学的日子里，我自己一个人在这座陌生的城市闲逛。走出校区不远处，就来到皇家山上的圣约瑟夫大教堂。这是一座文艺复兴式的天主教堂，一级一级踏上台阶，它的雄伟壮阔就这样扑面而来，让人更加深刻体会到自己的渺小。教堂的圆顶高达九十八米，仅次于梵蒂冈圣彼得大教堂。走进教堂的那一刻，却惊讶地发现这里和自己从前去过的教堂都不同，简约现代的建筑风格，配以摩登艺术的木雕和彩色玻璃，一时间竟无法相信，它始建于1904年，完工于1967年，已然是屹立在此逾百年的伟大建筑。相传法系天主教推崇奇迹的存在，安德烈修士曾以圣约瑟夫大教堂中的灯油治愈了许多残疾病人，而得到治愈的人们会将拐杖留在教堂中以示感激，因此到了今天，依然可以在教堂的角落里看到许多散落的拐杖。

后来我又几次经过这里，有时天色昏暗、乌云层叠，有时万里晴空、阳光刺眼，这座皇家山上的大教堂，总是带着一副庄严的独特气质，和任何天气都相配。我甚至又忍不住冲进去坐了一整个下午，看教堂地上的彩色光点从墙上移到地上，从明亮渐渐灰暗下去，依然舍不得结束这样一段宁静的时光。

等到小伙伴下了班,天色也渐渐暗了下来,她带我去了蒙特利尔老港。穿过市中心热闹繁华的街道,走过港口边上石砌的房子和小路,那废弃的铁轨连接起老港与老城,让人一时间惶惶不知今昔是何年。老港,距今已有三百五十多年的历史。它最早是法裔人来到加拿大时皮毛交易的港口,为蒙特利尔人最早的发迹地。冬日的寒冷让港口结上了厚厚的冰,就连前几日落下的大雪也变成了冰晶,踩上去发出咯吱咯吱的响声,在空旷的港口回荡。

华灯初上,这是它最美的时刻。我们一步一步小心翼翼登上了老港边上的铁架,一抬头,不远处的海鸥在努力飞向月亮,叽叽喳喳,不畏寒冷。它们让这时格外清净的老港热闹了不少。望向远处,点点灯光刚刚亮起,映着渐渐从浅黄变成橙红又变成蓝紫色的天空。古典的穹顶在摩登的高楼中不时露出头,周围风格各异的老式建筑都被镀上金红的颜色,让港口的傍晚变成一幅记忆中最美丽的画面。我们放肆地躺在了厚实的雪地上,留下一只残缺的雪天使,忘记了这零下二十度的气温,也忘记了方圆几里似乎早就没有了游客。

沿着来时的路,漫无目的地走回了市中心。我指着那座现代银行高楼中间的独特建筑问那是什么地方,朋友告诉我,那就是蒙特利尔圣母大教堂。它的外形正是依照法国建筑所建,像极了巴黎圣母院,因此也有"小巴黎圣母院"之称。它建于1829年,是北美最大的教堂,两座尖塔直耸云霄,典型的哥特复兴式风格。我被它

不远的遇见

第三辑 北美大陆的匆匆一瞥

的外表深深吸引，即使是在已然干枯的冬季树枝的衬托下，都难以掩饰它的精致。教堂的橱窗里贴着一张海报，法语大概是在讲述这里近期进行的某些演出，原来是一场灯光秀，今天的最后一场表演在五分钟后开始。

我们迅速买了票，坐进教堂的长椅上等待开场。黑暗的环境下，只看得到几张巨大的白色帆布挡住了眼前的视线。不一会儿，灯光动画开始投影到帆布上，一场关于蒙特利尔宗教历史发展的故事在这里上演起来。我记得那动荡的船翻腾在汹涌的海上，记得那些工人在艰难的条件下一砖一瓦造起教堂……大概五分钟过去，突然有种被欺骗的感觉，难道灯光秀只是这样，用幻灯片来讲故事而已？

这想法刚刚一闪而过，左边一块巨大的帆布"唰"的一声被扯下，白色画布上的人们跳到了真实的教堂之中，遮住的那个角落迅速被点亮起来，精致奢华的手工雕饰围栏映入眼帘；突然右边的那一块也被扯开，深蓝色星空一样的穹顶也露了出来，数颗闪着金光的星星点缀其中，有种掉进童话世界的奇妙感觉。之后，中央那块巨大的帆布终于呼啦一声落在地上。不知你是否能够想象，那一瞬间我热泪盈眶，如此多耀眼的颜色在眼前跳跃，却只是倒吸了一大口气，吐出一句"天啊……"。语言在这个时候格外苍白，眼前的流光溢彩和金碧辉煌让人目不暇接，不知该将目光锁定在哪里，才能真正抓住这一刻惊人的魅力。

圣母大教堂的真面目揭开，灯光秀也结束了。我们绕着教堂仔

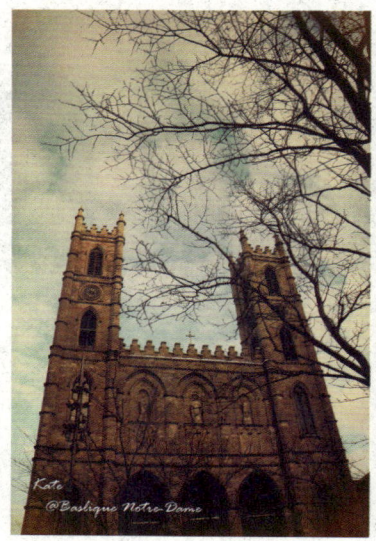

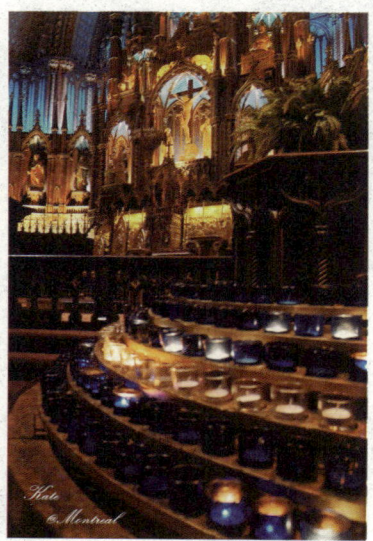

它出现的那一秒钟在心里成了永恒，语言都无法描绘出的惊叹。

山顶的视角，让它藏起了一切细腻的浪漫。
当整座城市尽收眼底，你只感受到它包容的胸怀，向你敞开。

不远的遇见

细转了几圈，想把每个细节都记下来。漫天金色的繁星笼罩着整座教堂，神秘幽暗的灯火把眼前的事物都装点得不那么真实。这间奢华与神圣并存、浪漫与庄严同在的教堂，点亮了蒙特利尔这座艺术之城那盏最耀眼的明灯。

天气好的时候，我会和伙伴相约爬上皇家山，让小松鼠一路陪着我们上山，把尽收眼底的蒙城风光印到心底，一起吹着山顶呼啸的风。或是走遍大街小巷去找那家蒙特利尔最好吃的肉汁奶酪薯条和熏肉汉堡，喝上一杯要排队一个小时才等到的鸡尾酒。感叹因为有朋友这样的缘分，才让我一个人敢从大不列颠跑到北美大陆，在一片不曾想过会踏足的土地上，拥有了十几天的异国生活。

最后我爱上它，觉得这是一座和我很像的城市。新城老区交相辉映，好似我来自的那个简朴的八〇年代，转眼跳转到如今飞速转动的新世界；欧美文化在这里交汇，形成它独特的韵味，又像是我从小就被冠以中外文化的纽带这样的名号，然而却不知道自己偏向哪边更多一些。

我们走在路上，感受他人，又看到自己。奇妙的是你可以把一路的故事都融进自己的生命，变成一个更丰富的自己。蒙特利尔，就是一个让心变得更多元的最好去处。

记一次最大胆的被搭讪

走在北京的大街上、地铁里，形形色色的人从身边穿梭，不知每天要同多少人擦肩而过。早就习惯了走在路上以最快的脚步通过，用耳机把耳朵塞上，再低头努力把这一关游戏打通关，却偶尔还是会遇到一些很大胆的人，可能想填补一下无聊的生活，和陌生人聊上几句。

"你好，这是我自己在做的微商，能麻烦加一下我的个人微信吗？""你好，我觉得肯定有很多人都想要认识你，可是只有我有这个胆量，我还是很佩服自己的。""你好，你长得特别像我一个同学！能不能加个微信认识一下？"……即便遇上的次数不多，我还是只想摆摆手，然后尽快逃离这个尴尬的境地，我毕竟还没有那么大龄的同学，也实在不欣赏这么老旧的套路。

不知道是不是由于对异国他乡的人反而有些莫名的放松，到国外旅行，我倒是很喜欢和路上的人多聊上几句。

那是在蒙特利尔朋友家留宿的两个星期，从刚下飞机那刻起，就被周围难得一见的法语环境所包围，好在大学时候还保留着一点儿法语基础，看到熟悉的单词都会兴奋上一会儿，虽然有一些的确和英文单词如出一辙。出了门，又被身边堆成几米高的雪堆给了当头惊喜，果然在加拿大下的不是雪，而是雪山。我用了接下来的几天去熟悉这些繁复的法语站名，终于知道了要到哪里找到那家山顶上的大教堂，在哪一站能吃到加拿大特色的肉酱薯条，在哪一站有最爱的美术馆。于是就在朋友忙着工作的那一天，自己一个人跑到陌生的街道上去流浪了。

　　大雪带来的阴郁天气并没有持续太久，仅过了一天阳光就格外透亮，让蒙特利尔的冬天没有了想象中的严寒。照在路边洁白雪堆上面反射出的光，映得蓝天好像也在闪烁，呼吸起来沁心冰凉的空气让人脚步变得轻快，想要赶快去用自己的脚步丈量这座老城与新城交错的别样景致。这里是一座"设计之城"，城市中各式建筑风格交相呼应，大气磅礴又典雅现代。我一个人来到了蒙特利尔美术馆，迷失在这里，依然是安心的，我庆幸艺术的语言没有国界，这里安静欣赏画作的人们也没有隔阂和障碍。

　　大概是工作日的关系，这里的游人并不多。我从北美印第安文化转到了古希腊文明，又有幸见到了毕加索和莫奈的作品，它们不论在哪儿出现，都会是那座美术馆的镇馆之作吧。现代的艺术风格在这里也鲜明可见，一些颜色碰撞的线条和几块莫名配搭在一起的色块，就成了一幅墙上的作品，甚至新奇形状的沙发、椅子都变成

艺术的语言不求他人读懂，反倒渴求不同的解读声音。

不远的遇见

了一件件艺术品，盯着它们看了半天，只觉得很想躺上去感受一下。这想法作罢，我开始思考独行的下一个目的地在哪儿。

我出了门，转个弯，走上了那条我记忆中蒙特利尔最长的街，东西贯通，太阳正要渐渐低垂，就挂在大街的一头，看影子斜斜地倒在自己身前，这一些许夕阳的氛围，给街道镀上一层玫瑰金。看着这样温暖的一条街在眼前没有尽头地蔓延过去，我准备沿着它走一走，看看一路的人和景。

走着走着，一个身着黑色皮衣、戴着墨镜的人突然来到我旁边，用一口略带口音的英语礼貌地问道："×××商场是往这个方向走么？"我匆忙回了一句"不好意思，我也是外地人"，想赶快终止这段对话。可他竟然打开了话匣子，继续说："我也是外地来的，对这里还并不熟悉，你来自哪儿？"我并没有慢下脚步，还按照自己的频率在路上走着，心想着，不要被这陌生人打扰了我一个人的时光。可出于礼貌，还是说起了我从英国来到加拿大的朋友家留宿，可是她在忙，就只得一个人出来探索新世界了。

没想到他继续问："那你猜我是哪里人？"我小心翼翼地撇了一下头，打眼看上去是来自印度或阿拉伯地区的模样，可是穿着打扮又简单干净、文质彬彬。我搜寻着记忆说出了几个国家，却都没有猜中。可出于对这些地方人的固有印象，我更加紧张了。他又摘下了墨镜，看着我说："这回能猜得出么？"这眼眸，一时间把我看得愣住了：从没有这么近距离见过一副如此深邃的中东面孔，不得不说，墨镜挡住了他太多的帅气，而一般人多是相反的效果。

　　他主动说道，他来自伊朗，就在不远处的麦吉尔大学上学，趁着没有课程压力的时候出来走走。这座蒙特利尔最著名的大学，据说那是加拿大最难申请的、排名第一的英语学校。我又仔细瞄了一下，他看起来深沉低调，没想到还是学霸，说不定是个伊朗皇室。我们就有一搭没一搭地对话着，一直沿着这条笔直的路往下走着，聊聊这座对我们来说都还有些陌生的城市。

　　没一会儿，就看到前面的广场上开始人头攒动，音响喇叭的声音吱吱呀呀响了起来。我们在人群外面驻足看了一会儿，广场上的人们三三两两聚集到一起，尽管他们每个人裹着那么厚重的衣服，像一只只狗熊，但是却一下子被音乐节奏包围起来，在指挥的带领下唱起了歌儿。这紧绷的神经也突然放松了下来，跟着律动摇头晃脑起来。

　　也不记得走出了多远，太阳的光影已经越拉越长。这位路人突然提出，不如一起去前面的咖啡馆喝一杯热饮，或是吃上一顿晚餐。这一句话突然让我慌了神，好像还有朋友在等着我回家，她或许快要下班了。于是就这样，我们在路口分别，他十分绅士地说了一句"Have a good evening.（祝您今晚过得愉快。）"之后，鞠躬转身，走远了。

　　我接着就在这条华灯初上的长街上沿原路返回，恍惚间觉得起

不远的遇见

走完这一条笔直的看不到尽头的长街,你能否讲完一个故事?

第三辑　北美大陆的匆匆一瞥

初的怀疑和恐慌有些可笑,甚至有些后悔没有了解更多有关这个陌生人的故事。一个人上路的时候,似乎已经习惯了用坚硬的外壳把自己紧紧包裹,生怕一些突如其来的变化和不曾预料的碰面打乱自己的节奏,却不曾想到,对一座城市莫名的好感,竟然也就来自于这样简单的友好。

可是下一次,不知道我是不是还会依然有胆量相信别人,是不是还有机会遇到愿意和陌生人聊天的路人?

第四辑 重新认识霓虹国

再一次走进耀眼的霓虹，挤进川流不息的人群……我又一次迷失在东京，曾经对它的误解和质疑已经烟消云散，迷失在已经开始向往再回到这里的那一份莫名的感动中。

褪掉霓虹光晕的日本国

有幸接到朋友的婚礼邀请，一行几个人，提前半年就订好了往返日本的机票，然而这半年时间里并没有任何路线的计划、语言的恶补以及对景点的了解，我延续了之前一样的套路，前一天晚上再决定第二天的行程。说不上是什么原因，在来到日本国之前，自己对它总是带着一种不屑，甚至质疑。我是一个不喜欢看日本漫画、不懂得日本电影有多动情、也不明白日本电视剧为何好看的人，对这趟旅途的开始，充满了无限的不确定。

我们选择在东京上野站附近的一家日式传统的榻榻米爱彼迎（Airbnb）作为这三天的落脚点。楼下的上野地铁站遍布街区，大概有六七条地铁线路在这里交集，可以方便地带我们到任何一个想要去的地方。于是下了地铁轻易地找到了那家标志明显的罗森（Lawson）超市，却不知道要从哪个小门才进得去我们的房间。我们把附近每一栋楼都上上下下走了一遍，像小偷一样私闯各种民宅及办公区域。这时候遇到一位好心的女士，我们误闯进了她们的公司，询问那神秘的门牌号到底在什么位置，即便语言完全不通，她

日常。

不远的遇见

依然带着我们下了楼，在几栋大厦之间跑前跑后，用她的当地号码拨通了房东的电话，详细询问了好久，终于在我们把门打开的那一刻，她才放心地走了。那是到达东京的头两个小时，也是第一次感受到了这座城市带来的温暖。

刚刚抵达东京的这天是个星期五。我们放好东西走在附近的小街巷，才发现这里大大小小的居酒屋多到让人不知如何选择，透过窗棂看得到里面热气腾腾的煮锅旁边，几位大厨正在认真地烹饪食物，昏暗的灯光让这一切变得特别温柔。门口完全没有任何看得懂的菜单或是图示，我们就随意选择一家餐馆走了进去。接下来，大概发生了这辈子目前为止最为尴尬的点菜经历。服务员开始带着十分热情的笑脸欢迎我们进去，递上了手写的菜单。可面对这些笔画甚少的片假名，我们面面相觑，不知该如何将对话进行下去。在朋友运用了简单的日语单词、英文对话、翻译词典加上手舞足蹈之后，我们终于完成了点菜这一环节。

等待食物的过程，是纠结而忐忑的，可这样来之不容易的火锅、烧鸟、厚蛋烧和煎鲭鱼，几乎成了我们在日本吃到最丰盛的一顿晚餐。隔壁桌的几位朋友，看样子就是刚刚下班，盘腿坐在了榻榻米上，喝着小酒聊着天，嘻嘻哈哈的样子，好像是脱掉那一身工装，也便脱下了身体那层坚硬的防御外壳。星期五的晚上总有它独特的美好，我们这一股作为外国人的尴尬，也被这火锅咕嘟咕嘟的声音，完全吞没了去。

不喜欢跟着游客的步伐去赶景点,所以即便是在旅途中,我也常常睡到自然醒,之后先去住处周围逛逛。出门不远的地方就是上野恩赐公园,周末这天,附近的公园、博物馆、美术馆和动物园,到处都是一家老小,在仅剩的几株樱花下,洋溢着只属于春天的那种纯粹的笑脸。看看沿途参天的大树阴凉下面,有两个街头艺人在用气球讲着故事,引来好多小朋友目不转睛地驻足观看。一支棒球队在附近的球场进行着我完全看不懂的比赛,但那股说不出的日本气息穿过铁栅栏,瞬间就把我们吸引了过去。前面的广场上,是一群身着和服的爷爷奶奶,原来当地的广场舞这么有文化特色!

实话说,踏上旅行之前,我在乎最多的已经不是目的地的景点和古迹,而是那里到底有些什么美食,再由自己产生的口水程度多少来决定目的地吧。而日本海鲜,绝对是可以在排行榜上占据一席重要之地的食物。顶级的深海食材、新鲜透明的海鲜,在师傅们精细的烹制手法之下会为你呈现一份精美作品一般的料理。他们对待食物的态度总是像艺术家,小心翼翼地决定如何摆放这份食材的方向和位置,用搭配最适宜的酱料保持住食物最纯真的味道。

于是为了美食,我还是选择了一天,打破了不愿早起的惯例,定上一个早上七点的闹钟,去挤那班人最多的地铁,只为了筑地市场那些刚刚打捞出来最美味的海鲜。东京地铁的早高峰堪比北京,如果门口的列车员不来推你,恐怕过去十几辆车也挤不进去。上班族们都穿着西装,黑压压一片,让人不由得紧张起来。然而摇晃拥挤的车厢异常安静,时不时感觉不寒而栗。每停一站,车门口的

第四辑 重新认识霓虹国

二十几个人都会自动下车在门口排成两队，以便让车厢中部的乘客顺利下车。然而不论是否真的有人下车，他们一直都会这样做，全程极度安静。我们走出地铁车厢，才终于长长出了一口气，这样礼貌又规矩森严的生活习惯，让人略感压抑的同时，又敬佩不已。

出了地铁口不远，就是这片著名的海鲜市场了，还好成队的游客或许还没有及时醒来赶到这里。和我们平时印象中的海鲜市场不同，筑地市场的外围，有许多寿司和海鲜盖饭首先映入了我们的视线。再往前走，大头的扇贝、生蚝已经在烤炉上面滋滋作响，巨大的龙虾、螃蟹通红的身体趴在冰面上好不养眼。有的摊位卖着各式各样的腌菜和昆布，带着围裙的阿姨和大婶一看就是在市场里做了许多年的生意，她们看着过往人流的眼神都带着一种慈祥。前面的蔬菜摊放着一盆新鲜的芥末，早起的居民在为了几颗蘑菇和老奶奶讨价还价。还有各式各样的鲜活的海鲜产品，鱼子、章鱼、扇贝、三文鱼、龙虾……好羡慕住在这附近的居民，可以每天吃到如此新鲜的海鲜食材！

转角那一家摊铺前面挤满了人，趴过人群透过缝隙，看到两三个师父正在挥着锋利的刀，把大块大块新鲜的金枪鱼肉从鱼身上割下来。由于肉质新鲜，切开的那一瞬间你还能清晰地看到几近透明的鱼肉纹理。帅气的卖鱼师傅递上了当地出名的酱油和芥末，我们就站在这路边，大口吃起了肥美的生金枪鱼肉。这样一大盒子的新鲜金枪鱼肉，也仅仅只要八百日元而已。红彤彤的肉块可以塞满整个嘴巴，鱼肉质感十分柔软，又带着一点儿弹牙的感觉，吃过之后

或许它们才是我来到日本的真正原因。

还真的在嘴里留下了一丝铁的味道……对，就是在东北的小时候偷偷舔过冰冻的铁皮的那个味道。不喜欢吃生鱼的伙伴们离摊位距离有几米远，带着不解的眼神看着我，而我满足地舔了舔嘴巴之后，带着零钱包走向了下一家铺子。

转了几个弯，才找到这家筑地市场里最著名的生海胆馆子——虎喰，"像老虎一样吃海胆"，听这名字就如此威武霸气。这里会筛选全日本和海外各地最上等的五种海胆进行对比，给你的味蕾一次全方位的海胆轰炸。大约人民币四百元，你可以尝到日本国五种不同口味的顶级海胆，对于海胆爱好者们来说，简直是无法抵挡的诱惑。即便是一份普通的海胆饭，盖在上面海胆的分量也保证让你可以过足瘾，加上一颗生鸡蛋的搅拌，口感甜香丝滑无比，吃到嘴里轻轻一抿就化开一片，又带着一股海物特有的鲜香味道，回味无穷。我们每吃下去一口，总会忍不住发出巨大的赞叹声，师傅站在我们前面的吧台里面，望着我们的吃相一直笑个不停，相信他心里一定也充斥着满足感。

如果你也会有些许无法接受生食海鲜，那经过炭火烤制、鲜香汁多的海鲜应该可以虏获所有人的喜爱。矶丸水产这家店遍布东京，在市中心疯狂购物的时候总会见到那么一两家，二十四小时营业，也成了当地人最爱的海鲜烧烤店。当然这里也有新鲜三文鱼刺身，口感丝毫没有我们平时吃到的那种软面的感觉，肉质弹牙，简直冒着橙红色耀眼的光芒。巨型的北极甜虾，个头和对虾差不多，上桌的时候我们还在怀疑它是不是应该烤着吃的，鲜甜的一整块虾肉蘸

第四辑 重新认识霓虹国 233

着淡淡的昆布酱油和芥末，简直是给味蕾终极的享受。

再来看看火炉上，手掌大小的生蚝和扇贝被火烤得滋滋作响，渐渐被烤出来的肉汁所包裹，咕嘟咕嘟冒着气泡，旁边放着详细的说明书，告诉你每一样食物要在火上烤几分钟、什么时候需要夹起来翻一个儿，保证你在火候刚刚好的时候把它放进嘴里。这些食物都带着大海独特的咸味，不需要多加任何多余的酱料，就这样直接地可以品尝大自然的杰作。最惊为天人的还要数烤螃蟹壳，里面的食材不只有蟹黄，还包括蟹肉芝士等等，打成肉泥，吃下去第一口的感觉，就像把大海都融进嘴里了！那种鲜香难以描述，是从来没有体会过的味道，总之到了日本，一定要去尝试一下。被这些海鲜们腻到的时候，记得来一口柚子蜂蜜气泡酒，好像提前把夏天都带到了身边。

在这家店里，平日里西装革履的日本人们会卸下一切武装，你会感受到这才是真正属于日本的夜晚气氛，而不是我们印象中那个早高峰都极其安静的国度。除了火上烤物发出"滋滋"的声响，还有朋友们之间酒杯碰撞的喜悦，有微醺时候停不下来的八卦和笑声，即便走出这间屋子的时候带着满身炭火味道，又开始淋着淅淅沥沥的雨，也觉得这个晚上都过得格外开心放肆。

迷失东京，这大概是刚到日本的几天里常常说起的短语。我很多时候会在眼花缭乱的霓虹灯里丢了方向，被纵横交错的地铁线路绕慌了阵脚，身边行色匆匆又带着极度规则感的人们时而让人感到压抑。这切实是不同于昔日的一场旅行，我们默契地舍弃了一些游人如织的景点，绕了许多小路，尝到了更多当地新鲜的食物，看到了一个更真实的美丽国度。

后来我越来越讨厌加入旅行团的队伍，尽管你可以语言不通，完全不用操心任何行程，不用安排交通工具，然而却失去了住在当地人家的乐趣，错过了市场里最新鲜的那份金枪鱼，错过了和行色匆匆的上班族擦肩而过，无法相信在迷路的时候，只要有Google地图就什么都不用怕，也不能理解在旅途中我最爱的其实正是迷路的时刻。

日本料理中的惊喜

有人说过，日本料理中，装食物的盛器便是食物的命，是日本料理的"魂"。这细节已经融入料理之中，让你不会轻易察觉它的奇妙，却让食物呈现在你面前时带着独特的日本风味。和口味多彩纷呈的中餐相比，日本料理仅注重五种烹饪方法——切、煮、烤、蒸、炸，简约轻巧，你可以在每一种食物中看到日本国精致和注重细节的品质。

来到京都的第一餐，是朋友带我们去的这家神奇的寿司店。每盘一百日元的回转自助能吃得到这么新鲜又美味的海鲜寿司，简直让我们目瞪口呆，以至于吃到忘乎所以，忘记了拍照。普通的回转寿司只有一个传送带在你面前转，而这里分上下两层，下面和我们平时见到的一样，而上面的那一层可以将你在电子屏幕上点的食物，飞速传送到你的面前，并且准确停住。除了这些我最爱的海鲜，还有肥牛寿司、拉面、咖喱饭，各种小食等等，就连茶碗蒸都入口即化，带着海洋的鲜香，保证让你一次性过足瘾。

更可爱的是，你可以自行将吃完的盘子塞进回收口里面，每集齐五个盘子，头顶上的扭蛋机器就自动开始玩起游戏，如果你的机器赢了电脑，你也会得到一只随机的可爱扭蛋。就因为这个，不知道有多少人一定要吃到五的倍数盘子？旁边那桌的爸爸领着儿子，手里把弄着三四个扭蛋玩具，他们今天的运气真是不错。

在京都火车站附近，我们特地来到这家专卖鳗鱼饭的小店门口，刚刚好十一点整。店家慢慢打开门，好像还没准备好要迎接顾客。这么小的一间屋子大概只塞得下二十个人，作为今天的第一拨顾客，我们抢先占了一个最好的位置，尽管这条狭窄的过道连一个人都需要侧身通过。这里的鳗鱼饭是根据鳗鱼和米饭的多少来决定不同的价位，最小个儿的朋友冲着服务员一直在指那份最大的鳗鱼，眼睛瞪得溜圆，就非吃它不可。鳗鱼肉铺在饭上面整整的一层，每一块肉的厚度都肥硕到一口咬到底，刚刚好外焦里嫩，白白的鱼肉周围慢慢浸出一层鲜美的汁水，那特别的酱油甜味裹着鳗鱼满满的胶原蛋白让人吃到停不下来。另外一份特别的鳗鱼饭中间，放着一团白白的食材，尝了一口才知道，这是它们喜欢加在饭里面的山药泥，没有经过任何烹制的手法，只是将生的山药打成泥，把鳗鱼肉紧紧包裹起来，解除了鳗鱼的油腻，成了最完美的搭配。

京の烧肉处"弘"——这是一家被朋友以命相抵打包票推荐的小店，它一定是这一生吃过最好吃的烤肉店。从八坂神社出来之后，我们便一路跟着地图，穿过大街小巷，转过了许多个弯，终于来到那家店面并不大的弘烤肉店的门口。门口的招牌上是一颗生鸡蛋，

顶级的烤肉，让人明白了什么是自然的馈赠。

被一圈花瓣一样的生牛肉包裹着。别小看了这一张图片,店家的含金量全在其中。2011年时,许多日本人由于生食牛肉而中毒去世,自那之后,在日本只有少数顶尖的几家烤肉店才有资格出售生牛肉。

推开不起眼的木制小门,目光就被门口竹子制成的水车吸引去了,潺潺流水的声音配以天然绿竹的清香,让人的身心瞬间放松了下来。我们脱掉脚上的鞋子,便跟随身着一袭和服、面带微笑的服务员来到了楼上的和风包间里面。她也便一直这样,在每一次进屋给我们上菜,或是烤肉的时候不停重复着点头、微笑、鞠躬,礼貌得甚至让人有点儿不安。

这里的牛肉在端到你面前的时候,都带着自己的身份证件,你可以看到它来自哪儿,吃什么饲料长大。每一种不同类别的牛肉都要搭配不同的蘸料,粗糙的海盐、鲜香的海鲜汁,或是醇香满溢的香油会浸入火候适宜的牛肉纹路中间。为了让这味道发挥到极致,肉的切割方向都颇有讲究,有的是块状、有的是片状、有的又被切成细小格子的纹路。

生拌牛肉更是将人的味蕾全部打开,将生鸡蛋和厚片的生牛肉搅拌混合在一起,搭配一点儿辛辣口味的豆芽。丝毫感受不到肉筋在嘴里的牵绊,也没有生肉的血腥味道,入口即化,绵香清爽,这便是顶级牛肉真正的口感了!这时候炉子上滋滋烤着的肉块,也慢慢冒起了油光,汁水从肉中渗透出来,滴在炭火上发出刺啦的声音。夹起一块还在不停作响的牛肉,在蘸料中轻轻一点,放入口中,微微焦掉的外表带着烤物独特的味道，一口咬下去外脆里嫩，一切都恰到好处。再来上一口沁心的日式啤酒，麦芽的香气和牛肉的醇厚在嘴里发生神奇的化学反应，让人满足得发出一声叹息。

我们把这里六种口味的牛肉、外加牛尾汤、冷面都吃了个遍，就连最最简单的白米饭，都会为你提供口齿留香的牛肉末搭配咗食，不需要其他任何佐料，它独自就成了一份够令惊艳的主食。而这一顿顶级的牛肉享受，外加无微不至的贴心服务，只花费了人均不到两百元人民币。

说起拉面，或许不用过多介绍，很多人已经熟知了它。一兰拉面始创于 1960 年，是当地豚骨白汤拉面的代表，早在几十年前便掀起了拉面文化的潮流。不论多晚，你都可能看到拉面店大门口排着长长的队伍。店内很少见到面对面的座位，拥挤的小店里面，每个人都对着档口坐，两人之间，也都有挡板把空间隔开，这便有了"专心吃面"的拉面文化。如果是几个朋友一起来，你也可以将身边的挡板轻松收起来，不妨碍彼此交流。

在门口的自助点餐机上面，你可以自由标明对面条的口味喜好，包括面条的软硬程度、骨汤的咸淡、香葱和蒜的需求、汤料的油腻程度等等，之后带着这张小卡片入座，只要将它放在面前的档口，便会有师傅将它收走，并很快就端上一碗属于你"私人订制"的骨汤拉面。师傅还会在你的面上齐之后，将档口的竹帘放下来，让你完全不被打扰地享用这一碗美味拉面。

食物带来的满足感，最直接。

如果你觉得一份面条不够过瘾，还可以另外选择一份"替玉"，它会在你把第一碗面吃掉之后再加到你的骨汤里，以免面条被浸泡太久而破坏了原本的口感。这里的温泉蛋是必不可少的选择，溏心的蛋黄会和香浓的骨汤味道融合到一起，即使你将它们放入口中才真的碰撞，也能将这种高蛋白的口感体会个淋漓尽致。骨汤的味道咸鲜又不肥腻，让人停不下筷子，面前这一碗不到十分钟大概就见了底，空间狭小拥挤的拉面店里，这"吸溜吸溜"吃面的声音是对这一碗食物最好的褒奖。

来到仙台参加朋友的婚礼，她曾经多次嘱咐我们说，其他的食物可以无限制地吃，但一定要把最美味的牛舌留到仙台。牛舌在仙台就像平日里最常见的食物，一份烤牛舌，搭配一碗白米饭，就是一顿日常晚餐。

这里的牛舌不同于在国内吃到的，国内烤物店会把牛舌切成薄如蝉翼的厚度，食物更易熟也更易入味。可这里的牛舌大概保持着原有的厚度，切上几刀十字花纹，几乎不加食盐之外的任何调料，小火煎烤，让肉质筋道又富有弹性，大块塞入口中，满足感油然而生。再佐以日式泡菜，给味蕾多重的享受。席间我们用盛满冰块的梅酒互相碰杯，觥筹交错间，好像也把多年前相处的画面都重新回忆了一遍，把这再次相遇的不易都融入欢笑声中。

离开京都的最后一顿饭我们选择了这份还没有尝试过的食物——大阪烧。那还是我第一次了解这种食物，它是一种日式蔬菜

不远的遇见

第四辑・重新认识霓虹国

煎饼，而"お好み烧き町也"这一家大阪烧用面条取代了面糊做成面饼。

师傅站在灼热的铁板前一直不停地翻炒着面前几份刚刚成型的大阪烧，香气弥漫了整个屋子，让人一进来就有些担心，要带着这一身的香味儿上火车了。我们选择了加上芝士的培根芦笋大阪烧，这听起来有点儿像比萨馅料，但却是淋在炒面上让它变成一张玲珑有致的面条饼。

我们在铁板前面的吧台桌坐了下来，整个人被诱人的香气侵袭着，视线在师傅的一举一动中变得渐渐缭乱起来：剥菜、切菜、拌面糊、煎烤、上菜都是师傅一个人，利落的手法甚至让人看得过瘾，有想要一试身手的冲动。终于好了，在热气腾腾的铁板上，听它发出"呲呲啦啦"的响声。切下来一口吃下去，蔬菜、培根、面条和酱料味道逐层递进，又在咀嚼过程中自然搭配到了一起，美味又饱腹的感觉。

大概是因为日本的养牛有着特别的讲究，生活环境也是悠闲放松，产出的牛奶及各种奶制品也是让人吃不够。很多不爱喝牛奶的朋友到了这儿，都会想要把牛奶当作水来喝，而牛奶冰淇淋更是成了大家追捧的网红级食物。走在路上突然碰到了克雷米亚（Cremia）牛奶冰淇淋，便立马冲了过去。

在网上，它被称为"北海道冰淇淋之神"，带着十五层风琴褶皱这俏皮又不寻常的长相，首先在视觉上就拥有了独特气质，它的乳脂含量高达 12.5%，高出了市面上其他冰淇淋几十倍，所以它融化的速度也要快许多。吃下一口，便整个被浓郁奶香包裹住，就好像小时候偷吃过的奶粉，不勾兑水，一口吞下去的感觉。奶油加牛奶的组合，给了它极致顺滑甜蜜的口感，加上"白色恋人"般的蛋卷做包裹，刚刚烘焙出锅的蛋筒香气更是叠加了这份甜品的精致美感。

如果你走到京都，或是直接去了抹茶之都宇治，那就不得不尝一尝那儿的抹茶冰淇淋，除了轻轻撒上的一层抹茶粉，还可以搭配芋圆、红豆、栗子等小甜品配料，豆红米黄地点缀其中，多了层次、营养，甜腻的感觉便立刻被这丰富的食材所分解，每一口都透着抹茶粉略带苦涩的回味和清香。

日本料理看似简单，透白的米饭加上一些海鲜肉品、一些小菜相佐，许多人认为它食之清淡，但它注重的一直是食物本真的味道、天然的营养，利用基于四季分明和地理多样性的新鲜食材，让每一次进食都会由衷感谢自然所馈赠我们的珍贵礼物。带着这样的感激去享受日本的食物，连吃饭都变成了一件优雅崇高的事情。

晚樱中，遇见纯粹的东京

4月底，在东京的上野公园已经见不到太多绚烂的樱花，错过了那场烂漫的樱花雨，也刚好错开了成千上万前来赏樱的游客们。公园中多了不少晨跑遛弯的当地人，跟着它们的脚步径直走向了公园附近的博物馆和国立美术馆，不小心遇到了莫奈和毕加索，算是这一天里的意外收获，也为日本之行写了一段不错的序幕。

位于东京郊区的吉卜力美术馆，是行程中的重要一站。宫崎骏亲自设计了这间"三鹰之森吉卜力美术馆"，让那些曾在世界各地荧幕上跳跃着的宫崎骏经典动画都收进了这座童话般的城堡。就在进入小院的一瞬间，你甚至感觉得到自己也变成了宫崎骏笔下的二次元人物。爬山虎包裹住了城堡的外墙，大片绿色在眼前蔓延开来，没有尖锐的棱角，这栋建筑就好像与周围的绿树蓝天融为一体。龙猫就站在那盏灯柱子下面，欢迎着你的到来。在这里你需要换取一张三联胶片，把吉卜力工作室的动画就这样印在了你的门票上面。之后，就走进这间童话世界吧。

推开门走进城堡的一层，你想象得到我的脸——就带着千寻第一次见到白龙变身时候那瞪大眼睛惊讶的表情。这间小小的展示厅里，各式机器齿轮在不停地转动着，眼前跳跃着的画面让人不知道该把焦点放在哪里，耳边萦绕着的是宫崎骏动画里轻快又梦幻的曲子，连空气都有种甜甜的味道。这些机器完全透明，让一帧一帧定格的图片渐渐跑了起来变成连续的画面，我们就像小时候第一次看到动画片时一样欣喜。那个巨大的装满龙猫动画人物的圆形台面，围圈摆满了小小的玩偶，静止的时候看不出它们每个之间有什么差别，而当台面忽然高速转起来，灯光一明一暗地闪动，这些玩偶竟然就在眼前跳跃了起来，身边的人们无不发出阵阵感叹，我可以一直盯着它一个下午，也不会觉得无聊。

二三层的展示厅里，装满了各式绘画手稿、脚本、设计图、色块对比图，工作室里也到处是动画中的模型和人物手办。小屋从上到下堆得满满的，蒸汽朋克风格弥漫了整个空间。在宫崎骏的动画中，飞艇、飞机、钢铁、机械总是必不可少的元素。他的幼年正值二战时期，家族经营着军工飞机厂，而父辈更是飞机机械工程师，这都对他产生了不可磨灭的影响。除此之外，他更喜欢去大自然中寻找灵感，把每一幅风景画都描绘得如照片一样逼真，更不用说他收藏的天文、地理、生物、医学、航天知识丛书，让一个漫画家变成科学家一般地严谨甚微。

凭着手中的这张胶片门票，每个人都有机会去美术馆里欣赏一部吉卜力的小短片。小小的剧场里坐满了观众，我们只得挤在楼梯

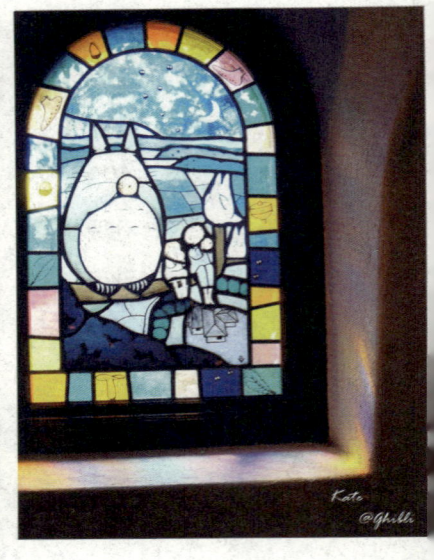

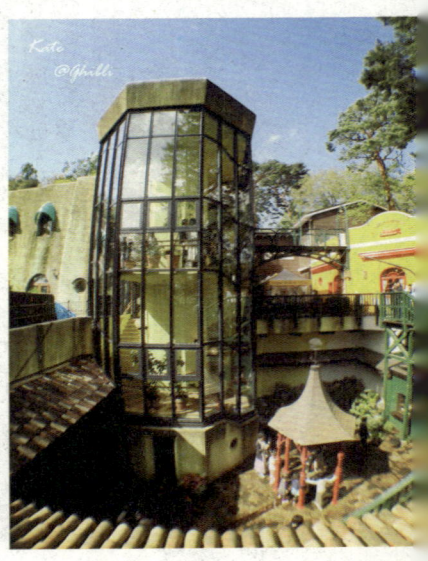

童话世界的大门在这里打开。

248　　　　　　　　　　　　　　　　　　　　　　不远的遇见

上，等到灯光暗下来，动画转起来。短短的十几分钟，我们就坐在这里看到了最正宗的吉卜力动画：笔触清新，画风可爱，让简单枯燥的生活变成了童话，让那些拟人的小动物们为动画填进了奇妙的色彩。灯光又亮起的一瞬间，大家脸上都带着满足的微笑，鼓着掌意犹未尽，又恋恋不舍地走出剧院。

外面刚刚下过小雨。就在旁边的井之头恩赐公园带来了清新绿色的空气，从美术馆的天台出去，竟然遇见了这样一个世外桃源。天空之城里的机械兵就站在这儿等着大家，好像是要送给你一个特别惊喜。低头一看，脚下的小路被雨水冲刷过后透亮得很，却不觉得会打滑，它们竟然是软木塞的材质，踩上去软绵绵，就好像踏在天上那朵乌云的上面，雨水都不会淋湿自己轻快的心情。

吉卜力美术馆里是禁止拍照的，更让这些奇幻的感受变得弥足珍贵。有机会一定要去亲身感受一下，记得要提前几个月就预定下这里的门票。

一路走回去，两旁都是参天大树，时不时还会迎面走来一位主人牵着他的柴犬遛弯，街道干净得几乎找不到一粒沙石。就这么静静地沿着小溪走着，这才感觉，自己竟然随时都处在风景之中。

来到东京，必定要来光顾这间最古老的寺庙——浅草寺。它是日本十分具有"江户风格"的游乐之地，它的第一道大门"雷门"早已成了浅草的象征，巨型红色灯笼挂在门前以祈求天下太平和五谷丰登。进了大门之后，一条琳琅满目的商业街更是让浅草寺吸引到不少游客。这里的商铺形式从江户时代沿用至今，人们在这儿聚集，不仅请愿祈福，还图个热闹。

进入寺庙或是神社之前，有一个重要的步骤，就是来到净水池前，拿起竹制的水舀，左右交替清洗两手，再把水倒入手心漱一漱口，然后再进入本堂，才算是心有诚意。这也成了我到每间寺庙时最爱做的事情，看到大家无一例外地遵循着这样的习惯，切实感受到了对文化和传统的尊重。这样带有仪式感的简单动作，也成了镜头下最美的一瞬间。

有人说浅草是个抽签特别灵验的地方，一进院内，就听得见"哗啦哗啦"签筒摇动的声音。只要自觉投入一百日元的硬币，在银色的签筒摇出木签，便可以根据签上的数字取一张解签的说明。若是抽到吉签，你可以把它带回家，做珍藏，让这好运一直跟着你左右。若抽到了运气不好的凶签，就要把这张纸折成一个结，系在旁边的架子上，以此来消除厄运。我们几人陆续尝试了一下，却因不会日语没法读懂签上的意思。这时候正巧碰到身边一位戴着眼镜文质彬彬的工作人员正用标准的中文为旁边的人讲解他的那支签，我们于是被吸引了过去，静静地排队。他一个一个耐心地解读，提醒着你今年需要注意些什么，又会有什么样的好事会来到。我们想着，浅草寺的服务果然够周到，连中文解签的人都做了配备。可不一会儿，另一个人跑到他耳边悄悄提醒"时间到了，我们该走了"，这才知道，他竟然是其他旅行团的导游。

生活中的仪式感不能缺少，它让平凡也有了华丽的外衣。

第四辑　重新认识霓虹国

不远的遇见

据说在日本，神社和寺庙的区别不仅在于一个尊崇神道、一个信奉佛教，更有一个重要标志就是神社的门口都会有一座鸟居，这座牌坊一样的建筑代表了神域的入口，用来区分神栖息的神域和人类居住的世俗界，通常就设置在参道上。在东京的明治神宫，就拥有现存日本最大的木制明神鸟居。第一代大鸟居曾在 1966 年被雷电击中损毁，本土官员更是经历了千难万阻，终于在台湾海拔三千多米的丹大山中，发现了树龄超过一千五百年的桧树巨木，在 1975 年建成了现存的第二代大鸟居。

明治神宫供奉着 20 世纪初去世的明治天皇和昭宪皇太后，这里的每一条参道，两旁都有巨树参天、野鸟飞鸣，即便人只能在世几十年，这些树木却似乎一直在这里见证着历史的变迁。在繁华的闹市中间，开辟了如此广阔的一片绿地，在建立初期号召十一万人参与植树三百多种、十万余棵，仅用了五十年就让整片区域进入自然林状态，实为壮举。

或许正是因为这里的神圣，如今这里的纪念馆已然成了婚礼的热门场所。在我们驻足的一个小时之内，见证了三对新人的日式神前婚礼。他们在亲朋好友的跟随下静静穿过广场，气氛安静又庄严。每个人都盛装出席，有庄重的黑色或花色的和服，即便是小朋友，也都穿着笔挺的小西服，静静跟在队伍中，迎接着家庭中这一喜庆的变化。一切都很庄重，让远道而来的游客们也都肃然起敬。

东京，让人驻足的角落自然远不止这些，而不论哪一处落脚的地方，都让你体会得到认真的日本态度，和那带有吸收性和独立性的独特日本文化。他们广纳世界先进的思想，又保留着民间兴起的当地特色，成立了独具一派的神秘又离奇的文化。

　　旅程的终点，我们又回到东京转机回国，再一次走进耀眼的霓虹，挤进川流不息的人群，感受微醺的人们跌跌撞撞从身边走过，望着热闹非凡的商圈从不曾进入安静的夜晚，我又一次迷失在东京，曾经对它的误解和质疑已经烟消云散，迷失在已经开始向往再回到这里的那一份莫名的感动中。

京都一隅，已够回味

傍晚坐着新干线抵达了京都，一路上的好天气都让人舍不得睡去，竟然就这样难得看到了富士山的一角。朋友说之前相同的路线，他看了一路的 Google 地图，却因为阴天，完全没有见到富士山的模样。这么看来，我还是挺幸运的。

京都的这家爱彼迎（Airbnb）让我们找得很辛苦，拐进小路，又一直走到了胡同的最深处，才终于找到了它。没想到房东竟然忙到忘记告诉我们开门的钥匙被他藏在哪里，于是在小路上苦苦等了一个小时，不停跑去附近的咖啡厅请当地人帮我们打电话联系房东。咖啡厅的老板有着帅气的欧洲面孔，他一直同住在附近的白发老奶奶用日语交谈着，这画面，有点儿宫崎骏动画片的感觉。

折腾过了三番五次，我们早已经焦躁不安，十分恼火把这最美的夕阳时分"浪费"在了街道上。但是终于从小小的锁盒里取出钥匙推开门的一刹那，我们瞬间就决定原谅房东：屋子面积很小，但是布置得错落有致，设备一应俱全。我们在梯子爬上爬下，打开了

每一天，都值得你的精心对待。

不远的遇见

所有看得到的门，把屋里的装饰和设备全都欣赏了个遍，想看看还有哪些秘密的隐藏空间没有被找到。选择爱彼迎的好处，就是可以让人好像赖在家里一般。每天晚上，我们也习惯了到楼下的便利店买上一盒即便生吃也很美味的鸡蛋。哪怕是旅途中，也可以在家里开个火，早起煮上一顿热腾腾的早餐。平时几乎不喝牛奶的我，到了日本竟然也会喜欢把牛奶当水喝，这种纯净润滑的口感确实让人喝过还会想要舔一下嘴角残留的奶渍，绝对可以开启能量满满的一天。

难得有一个晚上的空余时间，我可以会一会多年不见的老友。时间就是这么可怕，不去计算它，就似乎一切还在昨天，可岁月的指针却告诉你一年一年早已经远去。华灯初上，朋友开着车带我们一行人绕上了京都市中心的制高点——将军冢。弯弯曲曲的山路没有一盏路灯，一不小心我们就错过了上山的路口，于是就这么一边一圈圈绕着，一边聊起来多年前的故事和各自身边的新朋友、老朋友，或许错过了通往终点的路口，也是件挺开心的事情。这里被称为欣赏京都夜景最完美的地方，于是我们就这样轻易地看到了地上的灯火，模仿坠落的星光。虽然已是晚春，夜晚山顶寒风依然阵阵，看风景的男生把身边的女孩搂得更紧了些，他大概不知道，我为他们留下了这么一张唯美的照片。

第二天一早，我们出发前往清水寺。这听上去就是个沁人心脾的好名字，潺潺的泉水从这里涌出，据说喝上一口这里的清水，就能够保佑健康、智慧、长寿。它始建于公元 778 年，已然是日本国

旅程的美好与否，取决于站在你身旁一起看风景的那个人。

宝级别的建筑，坐落于音羽山的半山腰。春赏粉樱，秋看红枫，从来都被络绎不绝的游客包围。清水寺舞台被一百三十九根立柱支撑高入云霄，百年的树冠都要接受它的俯瞰。各国的游客们来到这里都喜欢租上一身颜色亮丽的传统和服，佯装作京都当地人，前来拜祭。走在清水陡坡上拍一张照片，似乎成了大家必做的事情。我只是做了一个旁观者，沿途在附近街边的小店不断品尝着当季樱花和抹茶甜品，却也觉得十分赏心悦目。

沿着石阶一直向上走，就来到了"京都地主神社"。这儿确实是个有些仙气的地方，是日本唯一的结缘、祈求恋爱运的神社，历史甚至比清水寺更悠久。传说只要你能够闭着眼睛，心里默念爱人的名字，从一块恋爱石径直走向另一块十几米之外的石头，那这段爱情就将受到神明的庇佑。这间神社和此前去过的几间大不相同，就连必不可少的竹制水舀都被写上了红彤彤的字体，"良缘"两个字格外醒目，大概被拿起的次数多了许多。月老和他的宠物兔就站在神社进门的地方，不知道他们掌管世间如此多的姻缘，会不会也有搞错的时候？

在日本的每间寺庙和神社里，你一定都会见到售卖这里特制的御守。人们会把所奉神明的名字或是守护、祝福的愿望写在木板或是纸片上，装进精美的刺绣布袋，来解除厄运，迎接好运。你无法想象它们的种类有多细致，求学业顺利、求考试合格、求工作晋升、求庄稼生长、求生意兴隆、求身体健康、求出行平安、求顺产安胎……就连地主神社里的御守也详细地分为求遇到心上人、求进一步发展、

人们对美好爱情的向往，让小小神社的存在有了意义。

第四辑　重新认识霓虹国

求恋爱关系长久、求婚姻幸福美满等等。

　　同行的朋友在这里求了一支姻缘签，我们随即发给了在日本的那位朋友来帮忙解读。这一路上，她抽到的两支签说的内容竟然一模一样：只要朋友积极为她介绍，那今年一定会遇到自己的另一半。我们在一旁惊呼是不是这就是命运的安排！旁人也为我们的呼叫声投来热切的目光，似乎也收到了这一好消息，跟着一同笑起来。

　　或许我不够虔诚，只是出于好奇，也跟着大家求了一支签。小心打开折叠了许多次的纸条，竟然不同于在东京浅草寺抽到的凶签，这上面红色的字体写着"吉"，我终于可以把它带走了——我竟然是这么想的。后来我一直把它塞在随身携带的钱包里，至于那支签上写了些什么？这是个秘密。

　　伏见稻荷大社，是京都的最后一站。这个地方的出现，让我对这座城市的热爱更深了一层。这里是京都市内香火最旺的神社，供奉着农业和商业的神明，保佑五谷丰登、生意兴隆，它也是遍布日本的三万多座稻荷神社的总社本宫。穿过橙红色的"千本鸟居"，便是稻荷神山的入口。从山脚下，一个一个红色鸟居紧挨排列，直到稻荷山顶。这里的鸟居都是鲜艳的橘红色，以表示秋天时丰收的颜色。

　　步步向上攀登，看得到几十尊狐狸石像隐藏山间，果然带来一阵隐约的神秘仙气。狐狸被视为神明稻荷的使者，它们的嘴里总是

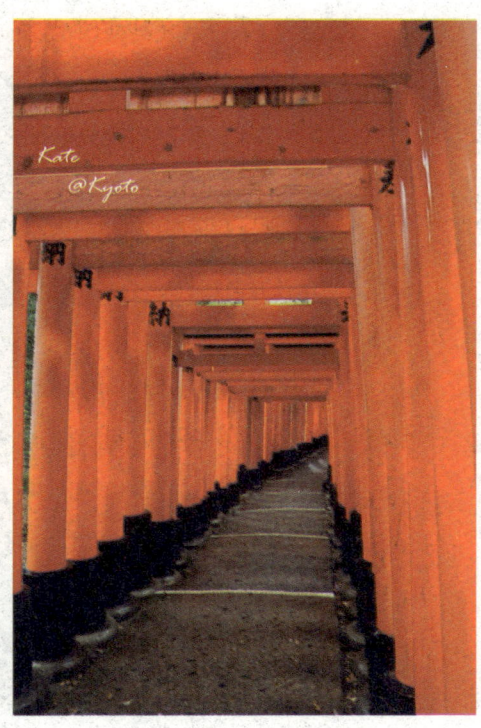

春天还未正式开始，似乎已经预见秋天的丰收。

衔着一枝稻子，站在高处俯视着前来祈福的人们。这里的绘马——那些画满愿望和祝福的小木牌，都是独特的狐狸脸型。人们却不甘只是接受这样一张白白的脸，把它画成各式日本动漫里的人物，把这小小一个绘马角落都变成了景点。这里抽签祈福的方式也十分与众不同，签条被放置在一只只白狐狸陶偶中，整齐地排放在木盒子里，乖巧的样子让人忍俊不禁。

　　从登上这座山开始，连绵的阴雨就没有停止过。我们一路走着，就好像穿梭在一条没有尽头的走廊，身边的景色不断重复，却一直看不腻。如果天气好，那阳光一定会从这些鸟居的缝隙里透过来，让这些耀眼的橘黄色映得更加艳丽。山上的游客越来越少，只听见雨滴噼里啪啦打在雨伞上的声音，直到鞋子全都湿透了，衣服也淋得冰凉，还没有走到山顶。想必要真的拜见到稻荷大神，就必定要经历一些磨难。我们在半山腰的露台歇了歇脚，一眼已经可以望到很远的地方。有人在这里拿出了便当盒子开始了自己的午餐，我在旁边，就好像也是他们的一员。

　　旅行的意义大概就是这样，做一阵涌入人潮的游客，再假装一会儿肆意的当地人。在于我无论走哪条路，都是自己随心所欲选出的那一条；在于无论你看到怎样的风景，都是属于你自己的视角，独一无二的那一些。

　　回到京都的小屋，我把半袋子"暴汗汤"倒进了窄窄的浴盆，把自己变得像一只煮熟的螃蟹。伴着蒸腾的水汽，"嘭"地开起了一罐梅子酒汽水,再吃上一口房东为了安慰我们艰辛等待而留下的小糕点,听着电视上还在播着"呜啦呜啦"我听不懂的语言。来不及回望我错过了这座城市的哪些风景,也不想去思考明天需要多早起来赶车。这大概是所有旅程中,最惬意的一个晚上了。